KB097184

초의스님 전상서

초의스님 전상서

초판 1쇄 인쇄 2019년 9월 10일
초판 1쇄 발행 2019년 9월 20일

지 은 이   박동춘

펴 낸 이   김환기
펴 낸 곳   도서출판 이른아침
주   소   경기파주시 회동길 445-1 경인빌딩 B동 2층
전   화   02-3143-7995
팩   스   02-3143-7996
등   록   2003년 9월 30일 제 313-2003-00324호
이 메 일   webmaster@booksorie.com

ISBN 978-89-6745-091-5

초의스님 진상서

초의에게 삶을 묻다

박동춘 지음

이른아침

얼마 전 초의스님 草衣禪師(1786~1866)과 친분이 있는 사람들이 나눈 편지를 번역했다. 편지의 간략한 내력이나 특징을 수록한 원고는 오랫동안 필자의 손때가 묻었던 자료이다. 일단 초의스님에 관한 자료 중, 현존하는 편지의 대부분을 필자가 수집하고 정리했다는 감개함을 무엇에 비기랴. 다른 한편으론 스승 응송스님과 맺은 언약을 지켜냈다는 안도감과 함께 이를 수행하는 동안 도움을 주었던 모든 인연에 감사를 드리고 싶다.

이 책에 수록된 초의스님과 관련한 편지와 시첩들은 본래 응송 應松(1893~1990)스님이 수습했던 자료의 일부분이다. 17세에 대흥사로 출가한 응송스님은 초의스님의 방계손 傍系孫으로, 초의의 수행력과 차에 대한 식견을 흠모하여 이에 관련 자료를 수습하여 연구했다. 실제 그가 초의 관련 자료를 수집할 무렵인 1970년대 이전까지만 해도 그 중요성에도 불구하고 초의 관련

응송스님과 필자

자료에 대해 아는 이가 드물었다. 소수 추사 연구자들이 초의를 거론하는 정도였다. 이러한 상황임에도 응송스님은 흩어진 초의 관련 자료를 수집했으니 이는 시대를 앞선 응송스님의 안목을 드러낸 것이라고 하겠다.

응송스님이 수집한 자료 중 특히 초의의 「동다송」과 「다신전」은 한국 차문화의 자긍심을 드러낼 수 있는 근거를 제공했다는 점에서 중요하다. 이와 더불어 금령錦舲 박영보朴永輔 (1808~1872)의 「남다병서南茶幷序」는 '초의차草衣茶'를 칭송한 장편의 시로, 초의와의 증교證交를 위한 것이었다. 특히 2000년 초

에 발굴된 자하紫霞 신위申緯(1769~1845)의 「남다시병서南
茶詩幷序」는 박영보의 다시茶詩에 화답한 시로, 경화사족의 차
에 대한 애호와 관심이 초의에 의해 촉발되었음을 확인해준 자
료였다. 이 두 편의 다시茶詩는 스승과 제자가 '초의차'를 감상한
후 이에 대한 감흥을 시로 표현한 것이다. 이런 사례는 중국이나
일본에서도 찾기 드문 예라는 점에서 역사적인 의미를 지닌다.

필자가 이런 자료들을 연구할 수 있게 된 인연은 분명하다.
70년대 말 응송스님과 맺게 된 학연學緣을 시작으로, 1985년에
는 필자에게 〈전다게傳茶偈〉가 내려졌으며, 이때 응송스님은 필
자에게 초의선사에 관한 연구를 부탁했다. 이런 인연으로 초의
선사에 대한 연구를 시작한 셈이다. 이뿐 아니라 응송스님이 전
해준 제다법대로 차를 만들며 우리 차의 우수성을 알리는 일을
이어나갔다. 그러므로 초의선사에 관한 자료가 필자에게 모여
든 과정은 우연에서 시작되어 필연으로 발전된 것이라 하겠다.

초의의 편지는 가장 중요한 연구 자료이다. 편지는 미세사 연
구에 중요한 단서를 제공한다는 점에서 의미가 있다. 우선, 편지
에는 시대를 막론하고 사람 간에 오고간 사연이 오롯이 담겨 있
기에 개인사 연구의 중요한 자료일 뿐 아니라, 당대 역사의 일면
一面을 엿볼 수 있게 해준다. 그러므로 편지란 역사적 사실을 연
결해주는 퍼즐로, 사료의 보고寶庫라고 할 수 있다. 게다가 편지

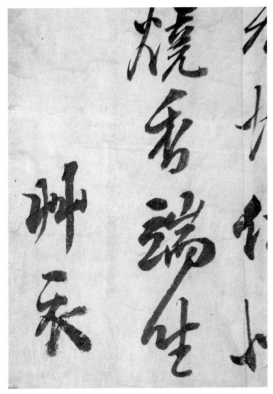

초의스님의 친필

속에 등장하는 시들도 간과할 수 없는 연구 자료이다. 이러한 맥락에서 초의선사에게 보낸 편지나 시문은 초의 연구에 있어 필수적인 기초 자료일 뿐 아니라 그와 교유했던 이들이 남긴 편지와 시문 또한 조선후기 풍속, 사회, 정치, 종교, 문학, 차문화는 물론 인물사人物史를 조명할 자료인 셈이다.

초의선사는 해남 대흥사에서 수행했다. 초의는 조선후기 최고의 지성을 갖춘 수행자로 불교, 문학, 불화, 차문화에 큰 영향을 끼쳤다. 특히 차문화에 미친 영향력은 현재까지도 유효하다. 초의 관련 자료를 살펴보면 이러한 그의 영향력이 수행력만으로 이룩된 것이 아니라 때때로 만난 인연들의 도움 속에서 형성된 것이라 짐작된다.

특별히 주목해야 할 인물은 다산茶山 정약용丁若鏞(1762~1836)과 추사 김정희이다. 특히 다산은 초의의 학문적인 발전뿐 아니라 경향京鄕의 영향력 있는 인사들과 만날 수 있는 징검다리였다. 그의 아들 정학연丁學淵(1783~1859)은 다산초당에서 초의를 만난 후 평생 만남을 이어갔다. 뜻을 아는 벗, 정학연은 실질적인 초의의 지지기반을 확대해준 사람이다. 이러한 도움에 힘입어, 초의의 인맥은 정학연의 자제들과 김정희와 그 형제들, 신위, 홍현주, 이만용, 신헌, 박영보, 황상, 허련, 이용현, 김각 등으로 확대되었다. 대부분 초의가 교유했던 인사들이 북학에 관심을 가졌던 인물이었다는 점도 주목할 만하다.

이 밖에도 초의가 받은 편지에서는 대흥사와 관련이 있는 승려들을 비롯하여 해남, 전주, 남평 등지의 아전 및 지방관속의 소소한 일상사가 드러난다. 초의가 맺은 인연의 인드라망 Indeuramang은 거미줄처럼 촘촘하다. 이들이 나눈 편지에는 인간

신위가 그린 청죽

적인 고민과 갈등을 토로하고 환희와 이상을 함께 공유하려는 흔적이 역력해 보인다.

현존하는 추사 김정희의 편지 중에 초의에게 보낸 편지는 대략 70여 통이 남아 있다. 이를 묶어 「추사와 초의」라는 책으로 출판했으니 그해가 2014년이다. 그리고 초의와 관련된 추사 형제들의 편지는 과천 추사박물관 소장본 「산천척소山泉尺素」가 있다. 이 편지 첩에는 산천山泉 김명희金命喜(1788~1857)가 초의에게 보낸 편지 8통과 김상희金相喜(1794~1861)의 편지 1통이 들어 있는데, 대략 1832~1833년경에 보낸 편지들이다.

추사는 조선후기를 대표하는 지식인이자, 추사체를 완성한 예술가다. 추사는 차에 대한 탁월한 안목을 갖추고 있었으며, 초의차 완성에 지대한 영향을 준 인물이다.

특히 추사는 제주 유배 시절 더욱더 차에 의지하며 자신의 울분을 씻어냈으며, 불교와 차, 서예에 깊이 빠져 적거의 고달픔을 달랬다. 초의가 보낸 차는 추사의 마음을 풀어줄 해방구였다. 그러므로 추사는 초의에게 차를 보내라는 편지가 많았다. 바로 추사가 초의에게 보낸 편지가 많이 남아 있는 것은 이런 연유 때문이다. 이런 편지를 통해 초의와 추사의 관계를 상세하게 살펴볼 수 있지만, 추사 이외의 인물들과의 교유 관계를 검토할 수 있는 자료는 상대적으로 부족하다.

그런 차제에 다행히 최근 발굴된 95통의 초의에게 보낸 편지는 초의의 교유사를 폭넓게 살펴볼 수 있게 해준다. 이외에도 초의 당시의 시대 상황을 어느 정도 엿볼 수 있어서 조선후기의 시대상을 밝힐 수 있다.

초의에게 온 95통의 편지를 살펴보면, 승려가 보낸 편지가 18통인데, 불갑사 도영道影과 안국암 우활宇濶, 도선암 성활性闊 등이 쓴 것이 대부분이다. 1840년경 초의와 표충사 원장직과 관련한 분쟁의 여진을 담고 있어 승직과 관련하여 대흥사 초의와 불갑사 도영, 안국암 우활, 도선암 성활이 대립적인 입장이었음도 드러난다. 특히 이 자료는 조선후기 승직과 관련하여, 승과가 실제 복원되지는 않았지만 묵시적으로 승직이 수행되었다는 방증 자료이다. 이 밖에도 설두나 성원, 원장, 석훈 등도 초의에게 편지를 보낸 수행자들이다.

이 자료 발굴의 또 다른 성과는 초의가 사대부들과 교유할 때 차를 선물한 것이 대략 1830년경으로 알려졌지만 이미 1818년 7월 23일에 홍석주洪奭周(1774~1842)가 보낸 편지에서 초의가 홍석주에게 차를 선물한 시기가 1815년경이라는 점이 확인되었다. 익히 알려진 바와 같이 홍석주는 홍현주의 형으로, 자는 성백成伯이며 호는 연천淵泉이다. 그의 편지에 (초의가) "향기로운 차(香荼)를 보내주셨으니, 먼 길을 떠나온 행장이라 취사선택하셨을 것인데 어떻게 가져와 이 사람에게 보내주실 수 있었습니까(香芙之惠 長路行裝 便是取聞 何能携來有此相贈耶)"라고 했다. 따라서 초의는 첫 상경 시기인 1815년경에 이미 차를 가져와 그와 교유한 인사들에게 선물했음이 확인된 것이다.

무엇보다, 이 책에 소개될 편지에서는 조선후기 소치 허련小癡 許鍊의 본명에 관하여 새로운 사실이 밝혀지기도 하였다. 특히 오세창嗚世昌(1864~1953)은 「근역서화징」에서 "소치의 본명은 유維이고 후일 련鍊으로 고쳤다"라고 주장한 바 있다. 그러나 소치 연구자 모씨는 "오히려 본명이 련鍊일 가능성이 높다"라고 하여 오세창의 설에 재고의 여지가 있다고 주장하였다. 하지만 소치는 1839년 12월 3일 편지에 자신의 이름을 "허유 배수許維 拜手"라고 썼다. 이는 곧 오세창의 주장이 타당하다는 것을 증명한다. 이처럼 90여 편의 편지에서는 초의의 교유는 물론 차와 관련된 당시의 상황뿐 아니라 초의와 교유했던 인사들의 정황도 함께 드러난다는 점에서 중요하다.

끝으로 이 책은 〈현대불교〉에 연재했던 내용을 엮은 것이다. 새로 발굴된 초의 관련 자료 중 편지를 중심으로 1년간 연재한 글이다. 번역한 글은 편지의 원문에 드러난 발신자의 뜻을 충분히 전달하려 노력했으며, 당대의 언어를 생동감 있게 전달하고자 하였다.

그동안 이 책이 나올 수 있는 계기를 마련해준 〈현대불교〉 관계자들, 출판을 맡아준 이른아침 편집자 여러분께도 두 손 모아 감사를 드린다.

2019년 9월

운니동 용슬재에서 박동춘

차 례

01
자하 신위에게 보낸
초의스님의 편지

근현대에 가장 변화된 것은 정보 통신의 발달이다. 20세기 초까지도 편지로 서로 안부나 정보를 교환했던 시절과 비교하면 격세지감을 느낀다. 특히 핸드폰과 SNS를 통한 정보 교류는 상상을 초월하는 신세계를 열었다. SNS는 1990년대 이후 월드와이드웹 발전의 산물이라고 한다. 이 정보 수단은 편지처럼 눈으로 정보를 교류했던 시대로 돌아간 듯도 하지만 실제 매개체나 전달 방법은 판이하다. 시공간을 압축시킨 SNS가 실로 소통의 기제로 가장 합리적인 것일까.

물론 현대인의 삶의 방식에도 지대한 영향을 미친 정보 통신의 혁신은 사람 간에 유기적인 관계 형성, 즉 정서 공감이라는 측면에서는 많은 문제점을 드러낸다. 손끝으로 전달되는 편지는 따뜻한 정이나 진정성 등 공감의 여운이 크다. 그러므로 편지는 아직도 유효한 정보 교류, 소통의 방법이라 하겠다.

옛사람들의 간찰簡札, 즉 편지는 정서와 정보를 공유했던 사람들이 남긴 개인사의 일면을 드러낸다. 이들은 세련되고 의미있는 내용으로 편지의 행간을 채웠다. 따라서 편지에는 잔잔한 일상사나 요청 사항, 도움을 구하는 내용이나 기쁨과 슬픔, 분노와 한탄까지도 숨김없이 드러난다. 이는 시문과 구별되는 편지만의 특징으로, 상황에 따른 긴장감과 생동감이 행간에 오롯이 담겨 있다. 더구나 편지에는 당대의 정보가 담기기 때문에 정치, 경제, 사회, 민속, 사회 흐름 등이 편지로 조명되기도 하는데, 이는 편지가 미세사微細史 연구에 중요한 사료가 되는 이유이다.

여기서 소개할 초의스님의 편지는 1833년경 자하紫霞 신위申緯(1769~1845)에게 보낸 것이다. 겉봉(편지봉투)에 단정한 해서체로 "본 관청에 올립니다. 모시는 사람은 열어 올리시길(本衙上 侍下人 開上)"이라 썼으며 왼쪽 아래에 "초의 승려 의순이 삼가 감사를 표하는 글(草沙門意恂謹謝狀)"이라고 썼다. 서체는 전형적인 초의 글씨이다.

편지의 첫머리에 "병상합하兵相閤下"라는 구절을 다른 글자보다 한 칸 올려 쓴 것이 눈에 띈다. 대개 옛 편지나 문서에 보이는 용례로, 자신보다 학문이나 관직이 높은 사람에게 보내는 문

조의스님의 〈다신도〉

초의의 친필 편지

서에 나타난다. 이는 상대방에게 극진한 예의와 존경을 표한 것이라 하겠다.

　편지 내용에서 주목할 점은 "지난번 한양洛下에 있을 때 해붕선사에게 처음으로 합하께서 높고 원대한 뜻을 품어 탁연히 속

本衙上　侍下人　開上

草沙門意恂謹謝狀

草衣沙門意洵謹再拜上書

兵相閤下者在海下陸海老師如聞　閤下有高情

遠志卓然絕俗雖摩陳懷一該之願中年又

會洪道人托雲山自爲有歲　提獎至教以海

耋之燦枉是金縷前頭彌加欽慕狂導心之說已絕

惟浮慕之緣未遇蓮堂雨鏁蘭室人靜遼使

晩赴　命又浮了香蓮堂雨鏁蘭室人靜遼使

一千九百之沈惌帶熱歡伙頭除三畫有中堂

惟閤下三不遺撝尙之耶待有舊矣在作善

演精義俯陳名跟張高而名辭遠而程明之

人直將胸海寬淨諒間自克亦以臺心聋話曰

세와는 어울리지 않는다는 말을 듣고 한번 뵙고자 하는 바람을
마음속 깊이 품고 있었습니다"라는 부분이다. 이는 초의가 처음
상경했던 1815년 학림암의 해봉선사에게 '병상합하', 즉 신위의
이야기를 듣고 한번 만나고자 하는 뜻을 품었다는 말이다. 하지

만 그의 바람과 달리 이들이 만나게 되는 때는 1831년경이다.

초의가 '병상합하'라 부른 인물을 신위로 추정하는 연유는 무엇일까. 신위가 맡았던 관직을 살펴보면 그 답이 나온다. 신위는 1814년 병조참지를 거쳐, 이듬해 곡산부사로 부임했다. 1822년 병조참판에 올랐으나 당쟁의 여파로 파직되었다가 1828년에 강화유수로 복직한다. 하지만 1830년경 윤상도의 탄핵으로 파직되어 시흥 자하산방에 은거하며 불교에 심취한다. 그러므로 초의는 신위를 '병상합하'라 부른 것이다.

그럼 초의의 편지를 살펴보자.

사문 초의 의순은 삼가 재배하고 글을 올립니다.

병상兵相 합하, 지난번 한양洛下에 있을 때 해붕선사에게 처음으로 합하께서 높고 원대한 뜻을 품어 탁연히 속세와는 어울리지 않는다는 말을 듣고 한번 뵙고자 하는 바람을 마음속 깊이 품고 있었습니다. 제가 한양에 있던 중에 또 운산雲山에서 홍도인洪道人(홍현주)과 모였을 때 이끌어주신 가르침을 받음에 따라 지금은 제가 나아지게 되었습니다. 이 좋은 인연이 거듭 맺어짐에 일전에 바라던 것보다 더욱더 흠모하게 되었습니다. 설령 마음을 이끄는 길이 이미 익숙하다 할지라도 오직 득의의 인연을 만나지 못하면 마침내 큰 위험을 입게 됩니다. 두 기인한 운명은 은

밀하여 이미 운명이 쫓아와 다시 기이함을 얻었습니다. 연당蓮
堂엔 비 자욱하나 난실엔 사람조차 고요합니다. 마침내 19년의
깊은 연모와 막혔던 생각이 환하게 갑자기 사라졌습니다. 삼 일
밤낮을 지내는 동안 오직 합하께서 버려두지 않았고 또한 저도
의지한 바가 오래되었습니다. 정의精義를 펴심에 이르러 공손
히 현리玄理를 말씀드림에 말은 높되 요지가 있고 말이 달변이
며 이치에 밝아서 사람으로 하여금 바로 바다처럼 가슴이 넓고
아는 것이 맑아져 어지러움이 스스로 안정되어 마음을 비우고
들은 것을 참학하게 합니다. 날마다 궁구하여 몸이 피로한 줄도
모르고 밤이 방해해도 눈에는 졸음이 없어지니 어찌 다만 십 년

두륜산 대흥사

독서보다 나을 뿐이겠습니까. 모르겠습니다. 몇 백 생을 배워야
능히 무량無量한 반야에 이르며 생사 중에 스스로 무無를 발할
수 있겠습니까. 스승의 지혜는 깊은 믿음에서 일대사를 얻은 것
이니 인연입니다. 교敎에 일항사一恒沙에 대해 말씀하셨는데 모
든 여래께서 발한 보리심입니다. 정법으로 능히 멸하고자 할 때
에는 이 대승으로 비방을 일으키지 않는다고 한 말이 있으니 믿
음을 얻어야 마음이 즐겁습니다. 또 말하길 보리 숙연이어야 반
야의 지력에 오른다고 하였으니 재관宰官을 시현示現한 것입니
다. 몸에 숙습夙習이 농후해지면 부귀에 농락되지 않고 육바라밀
과 사무량심을 염염히 공을 세우고 늘 성취한다고 했습니다. 이

것을 잠시라도 잊은 적이 없으며 오래도록 이 말을 외웠습니다.

지금 그 사람을 보았습니다. 그러나 오히려 세간의 진노塵勞에 이끌려서 이리저리 돌아다녀 쉴 수가 없습니다. 그를 위해 한번 말하매 정수精修 증오證悟의 문하에서 마침내 은연히 안으로 탄식과 답답함을 간직함으로부터 스스로 말과 동작에 드러납니다. 제 생각으론 여기에 이르러 짐짓 의심이 나는 것은 무슨 이치입니까. 무릇 닦아서 증득한 이후 믿음과 즐거움이 생겨 잊지 않는 것입니다. 만약 수증修證의 문을 경험하지 않고 억지로 말함으로부터 믿음 또한 얻을 수 없는 것인데 하물며 즐거울 수 있으며 그 잊지 않을 수 있겠습니까. 이미 미덥고 즐거우니 또한 잠시도 잊을 수 없습니다. 설령 돌아가지 않으면 휴복하지 못합니다. 그 기필하기를 참을 닦은 것이며 참으로 깨달아 얻은 것이라 하겠습니다. 어떻게 그렇다는 것을 아는가. 만약 선종의 문하에서 무수無修로서 닦으며 절증絶證하여 깨달아 얻으니 무수無修이기 때문에 바로 자신의 마음을 보는 것이며 절증絶證했기 때문에 마음을 보는 것입니다. 즉 불심을 드러낼 수 없으니 깨달음으로서 바로 드러낼 수 없는 부처를 보게 되는 것입니다.

草衣沙門意洵 謹再拜上書

兵相閣下 昔在洛下 從海老師 始聞閣下有高情遠志 卓然絕俗離群
深懷一識之願 中年又會洪道人於雲山 自其有受提獎之敎 以得今吾

之勝 於是重結 前願彌加欽景 雖導心之路已熟 惟得意之緣未遇 竟
被浩劫 密邇二奇之命 既赴命 又得一奇 蓮堂雨鎖 蘭室人靜 遂使
一十九年之沈戀滯想 豁你頓除 三晝夜中 豈惟閣下之不遺 抑洵之所
待有舊矣 至於垂演精義俯陳玄理 語高而旨 辭達而理明 令人直得胸
海寬淨識瀾自安 所以虛心參聽 日有窮而身不知疲 夜有闌而目不交
眠 豈止勝讀十年之書而已哉 不知 幾百生中學 般若來能於無量 生
死中自發無 師之智 深信得個一段大事因緣也 敎中有言 於一恒沙
諸如來所發菩提心 能於正法欲滅之時 於此大乘不生誹謗 得信樂心
又曰 菩薩夙乘般若智力 示現宰官 身以夙習濃厚 不爲富貴之所籠絡
於六波羅密四無量心 念念策勤 念念成就 未嘗斯須暫忘 久誦此言
今見其人 然猶以世間塵勞之牽緣 不能旋駕休復 爲之一試 於精修證
悟之門 遂隱然內自貯歎凝憂 有以自發於語言動作之中 愚意至此 竊
有疑焉 何則 凡修而證得 然後方有信樂而不忘者 如未有經修證之門
强自爲言 信且不可得 而況其樂乎 況其不忘乎 既信樂之 又不斯須
暫忘 雖不旋駕未休復 其必曰 眞修了 眞證了也 何以知其然也 如禪
宗門下 以無修而修 絕證而證 無修故直見自心 絕證故見心 卽佛心
不可見 以悟爲見佛不可 卽

　자하 신위는 조선후기를 대표하는 문인이다. 대나무를 잘 그
렸으며 시문에도 출중하여 시·서·화 삼절로 칭송받는다. 특히

부인이 세상을 떠난 후 인생무상을 실감했는지 불교에 심취해 수행자와 같은 삶을 살았다고 한다. 이런 사실을 초의가 1831년 8월, 〈북선원으로 자하도인을 찾아서北禪院謁紫霞道人〉에 "신위는 연단한 전 학사인 듯, 범궁에서 향 사르는 대승의 선객이라 秘閣丹鍊前學士 梵宮香火大乘禪"라고 한 사실에서 드러난다.

이 편지에는 신위를 흠모하는 초의의 간절한 마음이 잘 드러난다. 초의가 "마침내 19년의 깊은 연모와 막혔던 생각이 환하게 갑자기 사라졌습니다. 삼 일 밤낮을 지내는 동안 오직 합하께서 버려두지 않았고 또한 저도 의지한 바가 오래되었습니다"라고 한 대목이 그것이다. 바로 초의가 신위를 만나길 염원한 지 19년 만에 신위를 만났기에 그에 대한 연모뿐 아니라, 신위를 만나지 못해 답답했던 초의의 마음은 눈처럼 녹아버렸다는 것이다.

지금까지 알려진 바로는 초의가 북선암으로 신위를 찾아간 것은 1831년 8월이다. 그러나 이 편지의 내용 중에 "19년의 깊은 연모와 막혔던 마음이 사라졌다"고 하니 1830년 상경하여 1833년경 대흥사로 돌아가 이 편지를 보낸 것이라 추정된다. 더구나 초의는 북선암에 신위를 찾아가 삼 일간 머물며 "정의精義를 펴심에 이르러 공손히 현리玄理를 말씀드림에 말은 높되 요지가 있고 말이 달변이며 이치에 밝아서 사람으로 하여금 바로 바다처럼 가슴이 넓고 아는 것이 맑아져 어지러움이 스스로 안정되어 마음을 비우고 들은 것을 참학하게 합니다"라고 했다. 이들은 서로 불교의 깊은 세계를 유영한 것으로 보인다. 그래서 초의는 "날마다 궁구하여 몸이 피로한 줄도 모르고 밤이 방해해도 눈에는 졸음이 없어지니 어찌 다만 십 년 독서보다 나을 뿐이겠습니까"라고 한 것이다. 또 신위에게 선종의 "무수無修로서 닦으며 절증絶證하여 깨달아 얻으니 무수無修이기 때문에 바로 자신의 마음을 보는 것이며 절증絶證했기 때문에 마음을 보는 것입니다."라며 불교의 오묘한 이치를 설파하기도 했다.

기산 김상희의 편지

기산起山은 김상희金相喜(1794~1861)의 자字이다. 김상희는 추사
김정희(1786~1856)의 동생으로, 기재起哉라는 자를 썼으며, 호는
금미琴糜이다. 영유 현령을 거쳐 호조 별장을 역임했다.

기산과 초의는 평생 친분을 나누었다. 이들이 처음 만난 시기
는 대략 1815년경이라 여겨진다. 초의가 어떤 연유로 상경했는
지는 알 수 없지만, 이를 계기로 추사를 만났다. 이는 초의에게
백만 대군을 얻은 것이나 다름이 없었다. 바로 추사라는 거물을
만났으니 말이다. 특히 추사는 초의에게 학문적 지향이나 수행,
그리고 새로운 시대 조류를 알게 한 창구였다. 그뿐만 아니라
초의는 추사를 통해 그의 형제를 비롯하여 한성의 역량 있는 사
족들과 폭넓게 교제하게 된다.

김상희는 추사의 둘째 동생이다. 그는 차를 좋아했던 사람으

東茶頌承海道人命作

艸衣沙門意恂

后皇嘉樹配橘德受命不遷

生南國蜜葉鬪霜貫冬青素

초의가 지은 「동다송」

로 알려져 있다. 초의의 '기산이 차를 보내준 것에 감사하며 장구의 시를 보냈기에 그 운에 따라 화답하고 아울러 쌍수도인(김정희)에게도 올린다起山以謝茶長句見贈次韻奉和兼贈雙修道人'는 김상희의 차에 대한 애호를 짐작할 수 있는 글이다. 이 시에는 차로 맺어진 이들의 우정을 "한번 얼굴을 돌려보고 하나 같이 기뻐하니, 무슨 정이 더 간절할 수 있는가一廻見面一廻歡 有甚情懷可更切"라 하였으며, 그에게 보낸 초의차에 대해서는 "내 그대에게 한마디를 청하노니我從長者請下一轉語 법회의 공양, 선열의 음식을 탐욕스러운 사람과도 나누리法喜供禪悅食還將容饕餮"라고 표현했다. 기산이 말한 법회와 선열은 초의가 「동다송」에서 언급한 다도의 경지이다. 이들은 오묘한 차의 경지를 공유했던 벗이며 차의 참모습을 담론했던 지기知己였다.

이처럼 초의차의 세계를 만끽했던 김상희는 1844년 11월 11일 초의에게 편지를 보낸다. 이 무렵 추사는 제주도로 유배 가서 4년을 보냈고, 김상희의 나이도 지천명知天命(천명을 아는 시기)이 되었다. 김상희는 편지에서 형의 회신을 받기까지 수십 일이 지체되기 일쑤라는 사실을 언급하고 있다. 그래서 김상희는 초의를 통해 형님의 소식을 빨리 전해 듣고자 했던 것이다.

그의 편지를 자세히 살펴보자. 그 크기는 대략 40.5×29.3cm이다. 단정한 행서체에서 초의에 대한 그의 정중함이 드러낸

기산 김상희가 써보낸 편지

草衣禪榻回展
墓去亭帖

다. 편지 봉투에 "초의선탑 회전草衣禪榻 回展"이라 쓴 묵서로 보아 이 편지는 초의에게 보낸 답장이었다.

스님과 떨어진 지가 지금 얼마나 되었을까요. 그 막힌 것을 형기形器로서 말한다면 오직 일단의 신령한 흉금이 무슨 장애가 있겠습니까. 북쪽 땅은 깊은 겨울이라 빙설이 땅을 덮고 있습니다. 이때 스님의 경지는 진열眞悅하시며 또 어떠신지요. 궁금함이 바닷물처럼 흐릅니다. 저는 치발齒髮이 모두 위태로워 옛날의 내가 아니며, 근심으로 부글부글 타듯이 마음이 졸아들어 설령 억지로 웃고 말하더라도 반드시 그런 것은 아닙니다. 해상海上(제주도)의 소식은 수개월 동안 막혀 설령 한 통의 편지를 얻어

초의와 기산은 오묘한 차의 경지를 공유한 벗이었다.

이미 (답신을) 보냈는데도 수십 일이 지체됩니다. 스님이 계신 남쪽 하늘을 목을 빼고 바라보며 허둥지둥 책이나 시에 마음을 졸일 뿐입니다. 오랫동안 이미 울타리 가에 버려진 쓸모없는 물건이 되었지만 지난번 금강琴江 정자에서 스님들과 불법을 담론하던 일을 회상하니 이 무슨 환희천歡喜天입니까. 새 달력을 펼치니 더욱 흐르는 세월을 머물게 하기 어렵다는 것을 느꼈습니다. 먼 그리움으로 더욱 자신을 지탱할 수 없지만 두 가지만을 전달하니 어느 때 스님의 자리에 도착할지 모르겠습니다. 종이를 대하니 캄캄합니다. 스님께서 마땅히 깨달으시길. 다 쓰지를 못했습니다. 어느 틈에 한번 한양洌上에 오시려는지요.

1844년 눈 내리는 섣달 11일 기산 김상희

與師阻 今幾日月矣 其阻也 以形器言 唯一段靈襟 何能障礙也 北陸
冬深 氷雪塞地 此際禪居眞悅 復何如 溯注如海 俗人 齒髮俱危 非
舊我 而憂思煎爍 雖强言笑中 未必然 海上信息 動阻數箇月 縱一得
書 發已積屢旬 引領南天 只欲狂煎書卷詩筒 久已在笆籬外 回思曩
時琴江亭子 與師輩竪拂談乘 是何等歡喜天也 新蓂已開 益覺流光難
住 遠懷尤不自持 第以二件轉付 未知何時到得蓮座耳 臨紙冲黯 師
當領之 姑不戩 何間欲一卓錫於洌上否 甲辰 雪臘 十一日 起山

편지에 따르면 서로 소식이 끊긴 지도 얼마간의 세월이 흘렀

봉오리가 덜 피어난 산목련 꽃망울, 신이화라고도 한다.

던가 보다. 그렇지만 이런 일시적인 단절을 마음에서 보면 장애가 되는 것은 아니란다. 모든 것이 마음에서 일어난다는 이치를 말한 것이다. 하지만 세월의 흔적은 지울 수 없었던 것인지, 그의 나이 이미 50세가 지났기에 "치발齒髮이 모두 위태로워 옛날의 내가 아니"라고 했다. 지금이야 오십이란 나이가 청춘이라하겠지만 조선후기 사람들의 건강 상태는 지금과 비견될 수는없었을 터다. 불과 오십의 나이인데도 치아나 머리카락이 성글어졌다고 한다. 어디 나이만 탓할 수 있으랴. 유배된 추사의 병고가 날로 깊어졌고 김상희 자신 또한 "근심으로 부글부글 타듯이 마음이 졸아들어 설령 억지로 웃고 말하더라도 반드시 그런 것은 아니다"라고 할 처지였다.

1844년경 초의에게 보낸 추사의 편지엔 병고가 깊어져 괴롭다는 내용이 자주 등장한다. 같은 해 봄, 고향으로 돌아가는 소치 허련小癡 許錬을 통해 전달한 편지에도 그의 어려운 상황이 잘 드러나 있다. 한편 "집에서 부리는 하인이 와서 둘째와 막내의 안부편지와 스님의 편지를 받고 위안이 되었다"라는 내용도 있다. 추사는 하인 편에 김명희, 상희, 초의 안부 편지를 받고 크게 위안으로 삼았던 것이다. 이외에도 추사가 "나는 괴로운 상황이 전과 같다"라고 한 내용으로 보아 그가 앓고 있던 입과 코의 병이 호전되지 않았던 것을 알 수 있다. 그러므로 김상희는 이런 추사의 상황을 근심하며 형의 소식을 애타게 기다리고 있었던 것이다.

추사의 병과 관련된 내용을 조금 더 살펴보자. 추사는 입과 코의 풍기와 화기의 고통을 치료하기 위해 초의에게 자주 "신이화辛夷花를 올여름에 많이 거두어 말렸다가 보내"달라고 요청했다. 추사가 신이화를 부탁한 이유는 축농증 치료에 탁월한 효능이 있기 때문이었다. 신이화란 백목련 꽃봉오리이다. 그가

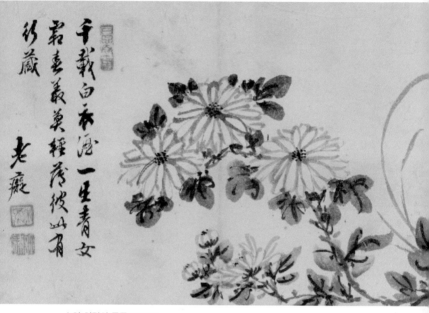

소치 허련의 묵국도墨菊圖

코와 입의 괴로움을 호소하는 편지는 대략 1842~1944년경에
집중되어 있다. 1844년 소치를 비롯해 다른 사람을 통해 보낸
편지에도 "저는 입과 코가 풍증과 화기로 오히려 고통스럽지만,
그냥 둘 뿐입니다. 허군이 가지고 간 향실(일로향실) 편액은 바로
받아 거셨는지요?"라고 밝힌 사실에도 드러난다.

추사는 이런 어려운 상황 속에서도 초의에게 성의를 표한 선
물을 잊지 않았다. 바로 소치 편에 보낸 "일로향실一爐香室"이란

편액 글씨인데, 이는 제주에서 초의를 위해 쓴 것이다.

다시 김상희의 편지로 돌아가 보자. 김상희가 편지에서 "스님이 계신 남쪽 하늘을 목을 빼고 바라보며 허둥지둥 책이나 시에 마음을 졸일 뿐입니다"라고 한 이유는 무엇일까. 이는 형의 소식을 조금이라도 빨리 전해 듣고 싶다는 마음을 드러낸 것이라 여겨진다. 이 무렵 김상희의 집안 역시 좋지 않은 상황이었음은 "오랫동안 이미 울타리 가에 버려진 쓸모없는 물건이 되었다"라고 한 것에서도 알 수 있다.

그러므로 그는 초의와 나눈 따뜻한 우정을 통해 큰 위안을 삼았다. 편지에 "지난번 금강琴江 정자에서 스님들과 불법을 담론하던 일을 회상하니 이 무슨 환희천歡喜天입니까"라는 구절에 주목할 필요가 있다. 환희천歡喜天은 대성환희자재천大聖歡喜自在天의 약어이다. 얼마나 기쁘고 자재한 세계란 말인가. 답답한 그의 마음을 시원하게 터준 것이 바로 초의와 나눈 출세간에 나눈 담론이었으니 말이다.

"재파리외在笆籬外"란 울타리에 버려진 쓸모없는 물건이라는 의미이다. 원래 파리변笆籬邊이란 말과 같은 뜻을 지녔다. 얼마나 가치 없는 물건이면 울타리 가에 버린 물건이랴. 김상희 자신이 처한 현실을 가장 실감나게 표현한 것이라 하겠다.

이 편지의 끝에는 세월의 무상함을 깨닫게 하는 책력, 즉 새

달력을 펼쳐 보면서 "더욱 흐르는 세월을 머물게 하기 어렵다는 것을 느꼈습니다"라고 하였다. 예나 지금이나 새해가 되면 친한 이들에게 달력을 보내 정을 나눴다. 물론 무심히 흘러가는 세월에 대해 아쉬움도 고금이 같은 것이다. 흘러가는 세월을 막을 수 없다는 것은 불변의 이치 아니랴. 그러나 시간은 누구에게나 동등하게 주어지는 것, 각자에게 주어진 시간을 어떻게 보낼지는 입처立處에 따라 다를 것이다.

편지 끝에 김상희는 "어느 틈에 한번 한양洌上에 오시려는지요"라며 초의와의 해후를 바라는 마음을 드러냈다. 이 대목을 읽은 초의의 마음은 어떠했을까. 참으로 이들이 나눈 푸근한 인간애를 느끼게 하는 부분이다. 긴 여운을 남기는 말은 진심이 아니면 따뜻한 정감도 전해지지 않는다는 점에서 그렇다.

소치 허련의 편지

1841년 10월 소치小癡 허련許鍊(1809~1893)이 초의에게 편지를 보냈다. 그 크기가 세로 116.8cm, 가로 24.6cm로, 장문의 문안 편지이다. 이 편지에는 대흥사에 어려운 일이 생겨 이를 해결하기 위해 초의차가 필요하다는 내용도 보인다. 그뿐만 아니라 대흥사 사중에서 만든 차의 품질에 대해 평가한 내용도 포함되어 있다. 이 편지의 상세한 내용은 다음과 같다.

지난번 연영빈사連營賓舍(진도 우수영)에 있을 적에 문안편지를 살펴보았습니다. 그런데 마침 남평 등지로 떠나신다니 편지를 열어보았지만 만난 것만은 같지 않으니 슬프고 상실된 마음엔 그리움이 마찬가지입니다. 삼가 가을인데 묵은 초가집을 살피지 못해 (가을) 풍경이 쓸쓸합니다. 이런 때에 스님의 자취는 더욱

청중清重하신지요. 지난번 남평에 가신 후, 그사이 과연 평안히 돌아오셨으며, 소망하신 바도 원하시는 것과 같이 되셨는지요. 그립고 간절한 마음을 그칠 수가 없습니다. 저는 곧바로 연영의 관청에서 돌아왔으며, 어제 부모님의 제삿날이었습니다. 추모하는 마음이 애통하고 슬프고 망극합니다. 하물며 멀리 한양에서 노닐다가 4년 후에야 비로소 제사에 참여하게 되었으니 더욱더 애통하여 마음을 다 고할 수가 없습니다. 이런 때를 견주어보면 아이의 손을 잡고 산으로 들어가 겨우내 결과를 배치하면 헤아림이 있을 듯합니다. 무릇 모든 일은 뜻과 같지 않은 것이 많습니다. 숙부의 병환이 이 즈음에 매우 급박한데 잠자리 문안인사와 음식 드시는 것을 살피는 일은 멀리에서는 할 수 없으며, 이 몸도 골골泪泪대니 이 복잡다단한 일을 어떻게 하는 것이 좋겠습니까. 또 출입하는 관가는 친하기도 하고 친압 당하기도 하지만 매일 상종하여 서로 떠날 수가 없습니다. 이런 상황인데도 희망하는 것이 있으니 단연코 무리해서 어긋나는 곳으로 갈 수는 없습니다. 연성蓮城에서 편지를 보내 서로 부르고 매영 전역에서 오라고 요구하니 모두 부득이한 상황에 놓여 있습니다. 아마 연말 즈음에 집안 아우가 임지로 가기 때문에 구구한 곳을 털어내거나 벗어날 수가 없습니다. 하물며 조용한 절을 찾아가거나 유유풍월은 더욱 이런 한가한 일이랴. 제 처지는 혀를 찰 상황이니 더 탄식한들 무슨 이익이 있겠습니까. 암자에 임시로 보관한 행장과 서급書笈은 부득이 다시 맡아주셔야 하는 상황이고, 연아蓮衙에서 전담으로 부리는 관노에게 곧 이 물품을 보내주실 수 있을까요. 서급書笈에 "망수친수개무望須親手

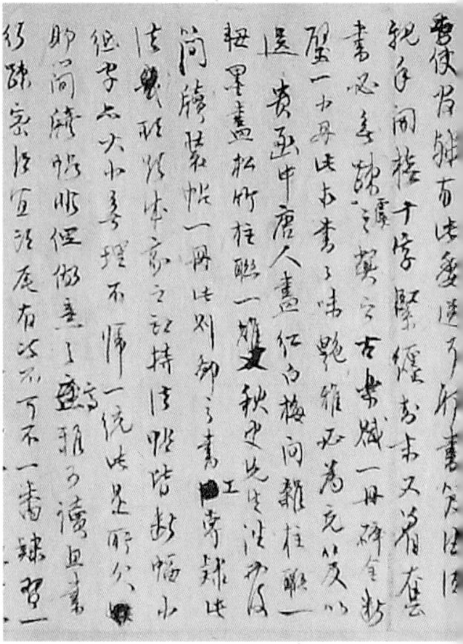

허련이 써보낸 장문의 편지

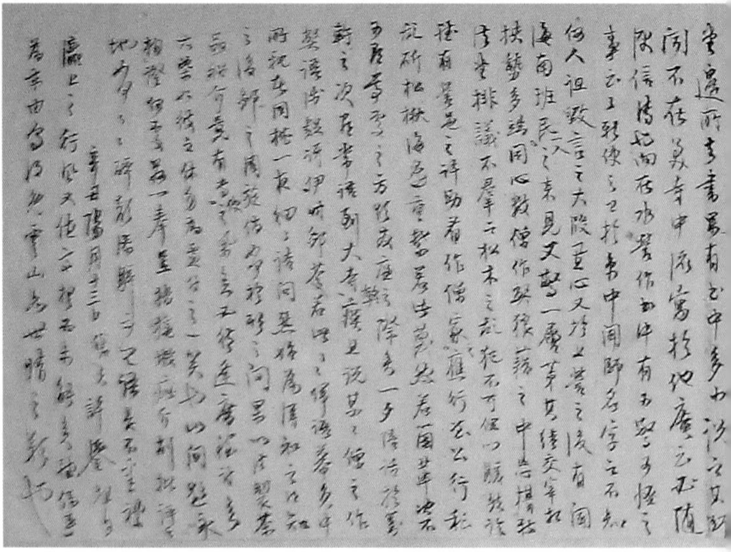

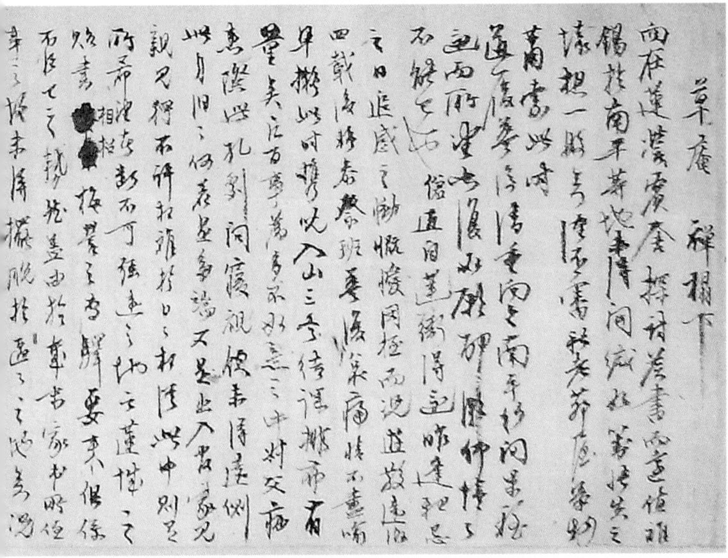

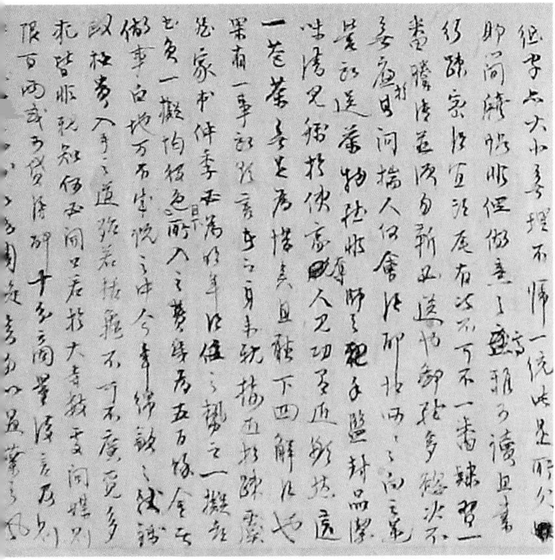

"삼가 가을인데 묵은 초가집을 살피지 못해 풍경이 쓸쓸합니다."

開撫" 열 자는 끝을 봉하여 단단하게 묶고, 또한 도장을 찍어두어야 반드시 소우踈虞하는 폐단이 없을 듯합니다. 그리고 「고악부」1책, 「쇄금단벽」1소책, 이런 서책 등은 글맛이 풍부하고 아취가 있어서 반드시 책 상자를 가득 채워 보내주시고, 함 속에 당나라 사람이 그린 〈홍, 백매〉 사이에 섞여 있는 〈주련〉 1축과 먹으로 그린 〈송죽 주련〉 1쌍, 〈추사선생왕복서편장첩〉 1책은 귀합니다. 이것은 즉, 비루한 화공이 이 법을 오로지 익혀서 일가를 이루고자 하면 법첩을 소지하기를 바랄 것입니다. 모두 단폭斷幅에 소지小紙의 글자 또한 큰 글자와 작은 글자가 잘 다스려지지 않아 하나로 통일되지 않았습니다. 여기에 빠진 어느 간독첩簡牘帖은 다만 주의做意가 고아하여 읽을 만할 뿐 아니라 또한 서행書行의 성글고 빽빽함이 마땅함을 얻었으며, 처음과 끝이 차례가 있으니 한번 익혀보고 한번 베껴보지 않을 수가 없습니다. 아울러 인색하게 하지 마시고 반드시 보내주셨으면 합니다. 제가 비록 욕심이 많으나 결단코 그런 중에서 염치가 없는 것은 아닙니다. 남을 헤아리는 것을 어느 때나 얻을 수 있을까요. 꾸짖어주십시오. 지난번 연영으로 보낸 차는 비록 스님께서 친히 감사하여 봉한 것은 아니지만 차품이 깨끗하고 맛도 맑습니다. 관찰사使家에게 칭찬을 받을 만하고, 드러난 공으로 다른 사람에게 빼앗길 만한 차품인데 가깝게 하기에는 부족하며, 이한 포 차로는 만족스럽지 않아 애석하게 여깁니다. 또한 들으시고 해결하여 주실는지요. 과연 한 가지 일로 말하고자 한 것인

대흥사 일지암

심적암이 있던 자리. 지금은 허물어진 축대와 돌로 만들어진 샘터가 있다.

데 몸소 친히 접할 수 없으니 소홀한 듯합니다. 그러므로 집안에 둘째와 막내아우가 내년에 임지를 얻을 상황인데 한번 도서원에 견주어보고 한번은 균역색을 헤아려보면 목하目下 내야 하는 비용은 거의 5백여 금이니 백지 상태에서만은 만드는 일을 말로 할 수 있는 것이 아닙니다. 올해에 면포세가 극심하게 부족한데 전정錢政이 극히 귀해 입수入手할 방법은 거의 거북 등을 긁어 털을 얻는 것처럼 널리 찾아도 많이 구할 수가 없습니다. 모두 친하게 아는 것이 아니라면 어떻게 입을 벌리겠습니까. 만약 큰 절에서 여러 곳에 물어 구할 수가 있다면 백 량 정도를 빌릴 수 있겠습니까. 십분 상량하신 후 빌려줄 수 있다고 한다면 아우를 보내 가져오는 것을 주선하겠습니다. 나뭇잎에 부는 바람처럼 듣지 마세요. 세세히 헤아려 알려주십시오. 심적암 성묵性黙스님이 일찍이 차를 보내주기로 약속한 바가 있습니다. 이 편지를 급히 아이에게 보냅니다. 답신을 받으신 이래 노전 명적明寂에게도 이 편지로 안부를 전하니 급히 전해주세요. 양호당朗湖堂에게 보낸 편지는 과연 글 중에 소설小說이 많으니 이는 스님께서 미황사 사중에 계시지 않는다고 들었고 다른 암자에 이리저리 머무신다고 했습니다. 반드시 인편에게 편지를 보내주십시오. 지난번 우수영에 있으면서 쓴 편지 중에 놀랄 만하고 괴이하게 여길 만한 법당이 있다고 했는데 배의排議를 짝할 무리는 없습니다. 그런데 소나무를 해친 것은 단지 소란하게 논할 수 없습니다. 비록 영읍의 도움이 약간에 있다 할지라도 승가에서 답하고 행하는 것을 보면 공적인 것을 빙자하여 사적으로 행하여 송추松楸(산소 가에 심은 소나무)를 함부로 잘랐고 해변은 엄하게 금하는 것인데 이처럼 함부로 하였으니 약간의 무리가 결코 마음먹은 대로 처리할 수 없습니다. 바야흐로 결백을 밝혀야할 때입니다. 하루 저녁 서로 마주 보고 대화를 하게 되면 대수롭지 않게 큰 절의 폐막弊瘼에 이를 것입니다. 또 모모某某 승려가 저지른 폐단을 말하며 대화가 의아해짐을 넘어서게 되면 이때에 제가 답을 이처럼 하여 의도대로 화제가 돌아가면 막원 중에 친한 자와 하룻밤을 동침하며 저간의 물음을 세세하게 말하겠습니다. 그러면 비로소 알게 될 것이고 알게 된 후에야 제가 주선하는 것이 오히려 어떻겠습니까. 이런 사이에 만약 스님이 법제하신 차를 소개한다면 마침내 전사專使가 들어줄 것입니다. 반드시 자리를 마련하여 조용하고 화기애애하게 얘기해야 합니다. 대개 저런 일은 심려하지 마세요. 맡기시고 한번 웃으십시오. 이 사이에 시를 지은 것은 어느 곳에 상증하셨습니까. 이에 보냅니다. 허물을 지적하시어 깎아내고 비평하는 것이 어떻습니까. 붉어진 얼굴이 더 붉어질 뿐입니다. 말이 길어져 예를 갖추지 못했습니다.

1841년 10월 13일 창부 허류 배수

제주도 행차는 바람이 또 더욱 높아져 갈 수 없으리라 생각합니다. 아무리 일에 매었더라도 따르지 못하게 되었습니다. 운산을 면했지만 또한 세상의 물정이 한탄스럽습니다.

向在蓮營賓舍 探討候書 而適值離錫於南平等地 未得開緘如對 悵失之懷 想一般矣 謹不審秋老茆屋 景物蕭索 此時道履 益復淸重 向之南平行 間果穩還 而所望亦復如願耶 溯仰憧憧 不能已也 僉 直自蓮衙得還 昨逢親忌之日 追感之慟 愾懭固極 而況遊散遠洛 四載後始參祭班 益復哀痛 情不盡喻 準擬此時携兒入山 三冬結課排布有量矣 凡百事 爲多不如意之計 叔父病患 際此孔劇 問寢視飮 未得遠側

此身汩汩 何若是多端 又是出入官家 見親見狎 不許相離於日日相從
此中則有所希望者 斷不可强違之地 而蓮城之貽書相招 梅營之專驛
要來 俱係不得已之勢 然蓋由於歲末 家弟所任事之故 未得擺脫於區
區之地矣 況尋入蕭寺 優遊風月 尤是等閑事乎 身勢呫呫 益歎何益
庵中任置行裝書笈 不得已還擔以來之勢 而自衙中專使官隷 方此委
送耳耶 書笈望須親手開撫十字 緊纏封末 又着套書 必無踈虞之弊
而古樂賦一冊 碎金斷璧一小冊 此等書書味艷雅 必爲充笈以送 貴
函中 唐人畵紅白梅間雜柱聯一軸墨畵松竹柱聯一雙 秋史先生往覆
簡牘裝帖一冊 此則鄙之書工 專肆此法 期欲成家 而所持法帖 皆斷
幅小紙 字亦大小無理 不歸一統 此是所欠 郁簡牘帖 非但做意之高
雅可讀 且書行踈密得宜 頭尾有次 不可不一番肆習 一番謄傳 並須
勿靳必送也 鄙雖多慾 決不無廉於其間 揣人何會得耶 相呵相呵 向
之蓮營所送茶物 雖非師之親手監封 品潔味淸 見稱於使家 奪人見功
有近歎然 這一苞茶 無足爲惜矣 且聽下回解得也 果有一事所欲言
者 而身未親接 近於踈虞 然家弟仲季 必爲明年得任之勢 而一擬都
書員 一擬均役色 目下所入之費 幾爲五百餘金 其做事白地萬不成說
之中 今年綿歉之致 錢政極貴 入手之道 殆若括龜 不可不廣覓多求
皆非親知 何必開口 若於大寺數處問媒 則限百兩 或可貸得耶 十分
商量後言及 則當委送家弟 以爲周旋矣 勿以過葉之風聽之 細量示之
也 深庵性黙堂 曾有茶物所約事 有此書封 必急送兒 受答以來 而爐

殿明寂 書皆問訊 必急傳 朗湖堂邊所去書 果有書中多小說 而其師
聞不在美寺中 流寓於他庵云 必隨便信傳也 向在水營作書中 有可驚
可怪之法堂 排議不群 而松木之亂犯 不可但以駭然論 雖有營邑之許
助 看作僧家之應行 憑公行私 亂斫松楸 海邊重禁 若此蔑然 若箇輩
決不可尋常處之 方欲發廉之際矣 一夕陪話於對軒之次 尋常語到大
寺弊瘼 且說某某僧之作弊 語涉疑訝 伊時鄙答若此 若此歸語 幕員
中所親者 同枕一夜 細細諸問 然始爲得知 而得知之後 鄙之周旋 倘
如何 於斯之間 果以法製茶品紹介 竟有專使之舉矣 必待逢席穩討矣
大槩如彼 而休勿爲慮 付之一笑也 此間題咏 相證何處 玆以奉呈 指
摘瑕疵 斤削批評之地 如何如何 醉顏添騂而已 語長不審禮 辛丑 陽
月 十三日 傖夫 許鍊 拜手

瀛上之行 風又値高 想必未能矣 雖係事爲末由焉 得免雲山 亦世情
之歎也

　소치의 편지에 따르면, 대흥사는 무덤가에 자란 소나무를 벤
일로 관청의 조사를 받아야만 했다. 아마도 초의는 소치에게 이
일을 상의한 듯하다. 그러므로 소치가 이를 해결하기 위해 초의
차가 필요하다고 하였다. 특히 소치가 아끼던 책과 그림을 초의
에게 맡겼다는 점도 이 편지에서 확인할 수 있다. 그렇다면 소
치는 1841년 2월에 추사의 유배지 제주도로 가기 전에 초의에

게 자신의 애장품을 맡긴 셈이 된다. 이처럼 그들의 신뢰는 바위처럼 굳건했다.

무엇보다 대흥사 사중에서 만든 차의 품질을 언급한 자료가 드물다는 점에서 이 편지의 사료적 가치를 추정할 수 있다. 이 무렵 대흥사에는 차를 잘 만드는 승려가 많았는데, 특히 심적암의 성묵도 차를 만들었다는 내용이 보인다. 이를 통해 당시 대흥사에는 초의 이외에도 여러 스님들이 차를 만들었다는 점에서 당시 다풍茶風을 짐작하게 한다.

04

불갑사 도영의 편지

1840년 7월 3일 불갑사 승려 도영은 초의에게 편지를 보냈다. 크기는 27.2×43.0cm이다. 행서체로 꾹꾹 눌러쓴 편지로, 정중함이 묻어난다. 겉봉투 상단에 "대둔사 초의사주 대법하 회답大芚寺 草衣師主 大法下 回答"이라 썼으니 초의에게 보낸 답신임이 분명하다. 하단의 오른편에는 "불갑사 도영 상사장佛甲寺 道影 上謝狀"이라고 쓰여 있다. 아마 초의가 먼저 편지를 보냈고, 도영이 답장을 보낸 것이라 여겨진다. 특히 이 편지는 도영이 총섭차첩總攝差帖을 받는 과정에서 초의와 의견 차이가 있었음을 드러냈다.

해당 분쟁의 내용을 담고 있는 자료로는 도영의 편지 이외에도 우활과 성활의 편지, 또 다른 도영의 편지 등이 남아 있다. 여러 통의 편지는 동일하게 총섭차첩總攝差帖을 요청, 부임하는 과정에서 도영과 초의의 의견이 달랐고 도영은 총섭차첩을 받는 과정에서 초의의 처신에 상당한 불만을 피력하면서 시정을 요구했다는 내용이다.

도영의 편지는 조선후기 대흥사 총섭차첩과 관련하여 초의와 다른 입장을 표명했던 도선암道詵菴, 송광사, 불갑사 승려들의 입장이 드러난다는 점에서 승직에 관련된 대흥사의 논쟁사를 밝힐 근거 자료라고 하겠다.

1840년 3월에 우활宇闊이 보낸 편지를 필두로, 같은 해 7월까지 논쟁이 이어졌다. 이 논쟁에는 도갑사, 대흥사뿐 아니라 안국암安國庵 종정宗正 우활宇闊까지 가세하는데, 송광사, 불갑사 승려들도 도영의 입장을 옹호했다. 결국 이 문제는 같은 해 7월 17일 도내승통道內僧統 성활性闊이 표충사수호겸팔도선교양종 승풍규정도원장表忠祠守護兼八道禪教兩宗僧風糾正都院長이 상고한 일을 처리하면서 이관을 청하는 공문을 보낸 후 일단락된 듯하다. 당시 도영이 초의에게 항의한 내용은 무엇일까. 도영의 편지를 살펴보자.

해사海士가 집안일로 오래 머물렀습니다. 지금 온 서신을 열어 삼가 살펴보았습니다. 존체가 편안하시다고 하니 우러러 경하함을 이루 다 말할 수가 없었습니다. 다만 편지에 '급히 위에 글

波上久濶慕事今未□□□□誠謹審

尊候萬安仰賀之□□□□鎭歎辭

悅住云者如是欺言若真敎辭止不赴□辭上猶

可也今□□□□當祖法先私間便送　上下未□□

帖不視蒙目除答當□三月□之韓事□□□

去復之衆人借請受□赴任行村陵今辭上之意可

當耶止欺□之□歎□□□又□□沖塵韓事自私

廣未便間見□□先月住□簡者□庵師□所送□帖

을 올리려 했지만 성암노사가 끌어당겨 늦어졌다'고 했는데 이는 속이는 말이라는 것을 알겠습니다. 만약 진실로 상사에게 말하고자 했다면 부임하지 않겠다고 위에 말하시는 것이 오히려 옳습니다. 지금은 이미 그렇지 않으니 당초에 법형(초의)이 사적으로 인편을 위에 보내, 내려 온 차첩差帖에는 여러 조목이 보이지 않았는데, 삼 개월 동안이나 우리 간사의 일을 깊이 묵혀 두었으니 망령되게도 속여 그대로 버려둔 것입니다. 다시 여러사람들과 함께 수첩受帖을 요청하고 부임하여 권리를 행한 이후에 지금 위에 말하는 것이 마땅한 것인가요. 이것은 사람을 속이는 태도를 은근히 드러낸 것입니다. 또 지난번에 충허간사冲虛幹事가 송광사로부터 온 인편에게 들으니 즉 법형(초의)이 스스로 편지를 써서 성암 사주에게 말하길 '보내온 차첩은 지난번 원院의 장 간사가 상사上司에 보낸 것이라'고 하였으니 이런 망언을 하는 자가 어찌 자기 말이 서로 어긋남을 깨닫지 못하는 것일까. 서로 어긋나는 것은 3월에 장 서방 편에 보낸 편지에서 보장報狀이 오기에 앞서 사적으로 인편을 통해 위에 올렸다고 말했고, 지금 온 회보回報에 말하는 것은 즉, 사적으로 인편을 보내올린 말이라 하였는데 그것을 보면 일의 착오를 의심하지 않을 수 없습니다. 그러므로 제가 묻기를 '다시 보낸 차첩에 본원의 간사가 나오지 않았는가'라고 물었습니다. 장 서방의 답에 '나의 삼

전남 영광의 불갑사

촌 친척 되는 사람이 해남 신연 이방 편에 부탁해왔다'고 했습
니다. 또 '총섭첩이 어디에 있는가'라고 물으니 (장서방이) 답하기
를 '총섭차첩은 예조참판인 나의 삼촌이 옮긴 것'이라고 합니다.
그러므로 첩은 삼촌에게 있다고 하더이다. 이와 같은 말을 들
은 후, 법형(초의)이 사적으로 인편을 왕래한 일임이 또렷하고 확
실히 알았기에 그만둔 것입니다. 지금 전임 원장 간사가 상사에
차출을 가게 했다는 망언은 애매모호해졌으니 어찌 서로 어긋
난 것이 아닙니까. 이 망언의 당처當處는 충허스님에게 사실을
들었습니다. 그러므로 종이에 가득 찬 많은 말들은 글자 하나하
나가 곤란한 말입니다. 전해 들으니 즉 통탄함을 이길 수 없습

니다. 모두 법형(초의)의 망언에서 일어난 것입니다. 또 우활 간 사가 돌아와 말하기를 '초의가 다른 사람에게 부임 수첩을 요구 했다'라고 하니 이 말을 듣고 곧 마음이 불쾌해졌으며 후일 쟁송이 일어날까 두렵습니다. 따라서 즉시 편지를 보내 '차첩을 돌려보내시고 부임하지 마십시오'라고 한 것입니다. 일일이 지적하여 말한 것은 삼 개월을 생각한 후에 말씀드린 것입니다. 운흥사 인편에 스님께 전합니다. 끝까지 내 말을 듣지 않으시고 급히 부임한다면 쟁론이 일어남을 어찌하시겠습니까. 무릇 쟁론의 폐단은 모두 법형(초의)의 친한 사람을 상사上司에게 보내, 내려온 첩帖을 스스로 돌려보내지 않고 첩帖을 받아 부임한 것이 과실입니다. 간사가 관계한 모든 일은 실패할 것입니다. 법형(초의)이 사적으로 보낸 인편으로 인해 차출된 것을 미워하고 원망합니다. 아, 우연히 승려에게 염치없는 억울함을 당한 것이 원통하고 분합니다. 편지에 가득 눈물이 넘칩니다. 이만.

1840년 7월 초3일 도영 올림.

海士久滯家事 今來傳書開緘 謹審尊體萬安 仰賀無任 第書內趁欲辭
上 而惺老挽住云者 知是欺言 若眞欲辭上 不赴任而辭上 猶可也 今
旣不然 當初法兄私因便送上 下來之差帖 不現衆目 深藏留置 三月
吾之幹事 欺妄率去 復與衆人偕請受帖 赴任行權後 今辭上之言 可
當耶 此欺人之色欲隱彌露 又向者冲虛幹事 自松廣來便聞見 則法兄

自作書簡 告惺庵師主曰 所送差帖 舊院丈幹事 去上司下來云云 如
是妄言者 何不覺自語相違耶 所以相違者 三月張書房便送簡曰 報狀
前私因便送上矣 今來回報云 則私因便送上之言 見之 則任事違差不
無疑 故余問曰 更差帖以本院幹事不出來耶 張書房答 吾之三寸親人
海南新延吏房便付托來 又問摠攝帖何在耶 答 摠攝差帖 禮曹參判吾
之三寸 名移差 故帖在三寸云云 如是言聞之後 法兄私因便往來事
昭昭知而坐 今以曖昧舊院丈幹事去上司差出之妄言 何不相違耶 當
此妄言處 冲虛以實言聞之 故滿紙長語 字字困說 傳聞則不勝痛惋
者 皆起於法兄妄言中也 又活幹事回來曰 草衣要人受帖赴任云云 此
言聞則不快心自動 恐似有日後諍起 故卽時送簡曰 差帖還退勿赴任

事 一一條陳 三月念後 雲寺便傳于座下矣 終不聽吾言 速赴急任 何
起諍論乎 大凡諍論之病 都在法兄親人去上司來帖 不得自退 受帖赴
任之過也 幹事萬關見敗 法兄私便差出之憎怨 噫偶然見得 僧人無色
之寃 則痛憤也 漏滿封一 伏惟

庚子 七月 初三日 道影 拜

　도영은 초의를 법형法兄이라 부른다. 불갑사는 당시 대둔사(대
흥사)의 말사였다. 초의가 법계상 도영의 형兄뻘이라는 셈이다.
　이 분쟁의 발단은 같은 해 3월 17일 우활宇闊이 보낸 편지에
"본사 원장 스님에 보고한 것입니다만 지난번 예조에 보고한
후, 간사幹事 스님이 망기望記에 개인적으로 고쳐 첩을 내기 때
문에 간사한 상황은 잘못된 보고이며 망기望記도 거짓된 것이
라 조치할 수 없습니다. 원안대로 고쳐 올려주시기 바랍니다"라
고 한 점이다. 하지만 초의는 우활의 요청에도 불구하고 별다른
조치를 취하지 않았던 듯하다. 그러기에 다시 불갑사 도영이 편
지를 보내 "지난번 충허 간사 편에 법형과 성암 사주에게 편지
를 보냈습니다. 지금까지 회신이 없으므로 다시 말씀드립니다.
즉 종정이 결정하여 운홍사 인편에 돌려보내시길 바랄 따름입
니다. 성암 사주께서도 함께 회람하시기 바랍니다(向者冲盧幹事
便 書送于法兄與惺庵師主矣 今無回示 故更告 則宗正決事 雲寺便回示爲

望耳)"라고 한 것이다. 같은 해 3월 17일 우활이 언급했던 간사는 충허冲虛였고, 이 일과 관련된 인물은 초의와 성암 사주였다.

1840년 3월 26일 도영의 편지에서는 더욱 첨예한 의견 차를 발견할 수 있다. 당시 초의는 표충사 원장직을 그만두었다가 다시 원의 소임을 맡고 있었다. 이어서 살펴볼 편지는 1840년 7월 3일에 도영이 초의에게 보낸 편지이다. 이 편지에 "편지에 급히 위에 글을 올리려 했지만 성암노사가 끌어당겨 늦어졌다고 했는데 이는 속이는 말이라는 것을 알겠습니다. 만약 진실로 상사에게 말하고자 했다면 부임하지 않겠다고 위에 말하는 것이 오히려 옳습니다"라고 하여 그의 입장이 무엇인지를 드러냈다. 즉, 예조禮曹에 보고한 내용은 간사가 허위로 꾸민 대로 내려온 문서이므로 부당하다는 것이다. 하지만 초의의 의견은 달랐다. 초의 자신이 상부에 글을 올리려 했지만 성암노사가 못하도록 만류하여 늦었다는 것이다.

하지만 이후에도 도영은 뜻을 굽히지 않았다. 도영은 초의에게 총섭차첩總攝差帖을 보내, "초의가 다른 사람에게 부임수첩을 요구했다고 하니 이 말을 듣고 곧 마음이 불쾌해졌으며 후일 쟁송이 일어날까 두렵습니다. 따라서 즉시 편지를 보내 차첩을 돌려보내시고 부임하지 마십시오"라고 종용했다. 그리고 "쟁론이 일어남을 어찌하시겠습니까. 무릇 쟁론의 폐단은 모두 법형

(초의)의 친한 사람을 상사上司에게 보내, 내려온 첩帖을 스스로 돌려보내지 않고 첩을 받아 부임한 것이 과실"이라며 초의의 총섭 부임이 부당하다는 자신의 견해를 분명히 밝혔다. 이에 대해 초의는 "보내온 차첩은 지난번 원院의 장 간사가 상사에 보낸 것"이라고 계속 주장했다.

이 분쟁은 4개월간 이어지다가 1840년 7월 17일, 도내승통 성활이 보낸 공문으로 종결되었다. 이 공문에는 논쟁의 원인을 다음과 같이 구체적으로 적고 있다. 첫째, 우활이 총섭첩문을 잃어버렸으나 다시 발급받을 수 있을 것이라고 생각했지만 상부 관청에서 처리하지 않았다. 둘째, 구 원장이 새로 총섭을 맡으면서 자신이 규정에 있으면서 처음에 상부를 범한 잘못을 바로잡지 못했다. 셋째, 승통은 한 도를 규정하고 원장은 팔도를 총섭 및 규정하는 것인데 자의로 일일이 논하여 보고했다. 넷째, 잘못을 범했는데도 승도에게 내려 보냈다.

이에 성활은 새로 부임한 초의에게 도영이 제기한 문제를 팔도총섭의 규정에 따라 처리하라고 했다. 당시 총섭첩과 관련된 분쟁은 초의의 뜻대로 처리되었을 것이지만 대흥사, 불갑사 사중 간의 팽팽한 대립이 있었다는 점에서 주목할 자료라 하겠다.

대은암 유정의 편지

대은암 승려 유정有正이 초의에게 편지를 보낸 것은 1843년 12월 9일의 일이다. 편지의 겉봉에 "초암艸庵 정수 대은암 소승 유정 상후서艸庵 淨水大隱庵 小僧 有正 上候書"라고 쓴 것으로 보아, 대은암大隱庵은 정수사淨水寺 산내 암자라는 사실을 알 수 있다. 조선후기 전라남도 일원의 사찰들이 대부분 대흥사의 말사였고 초의를 사주師主, 즉 스승이라 칭했으니, 유정은 대흥사 출신 승려로, 초의와 사제의 인연이 있었던 인물일 것이다. 혹 그에 대한 자료를 찾을 수 있을까 하여 대흥사 권속에 관한 자료 및 범해의 『동사열전』을 살펴보았으나 결정적인 자료를 찾기 어려웠다. 추후 그에 대한 자료가 나타나기를 기대하면서 이 편지를 살펴보기로 한다.

유정의 편지는 대략 23.1×45.5cm 정도로 초의에게 보낸 문

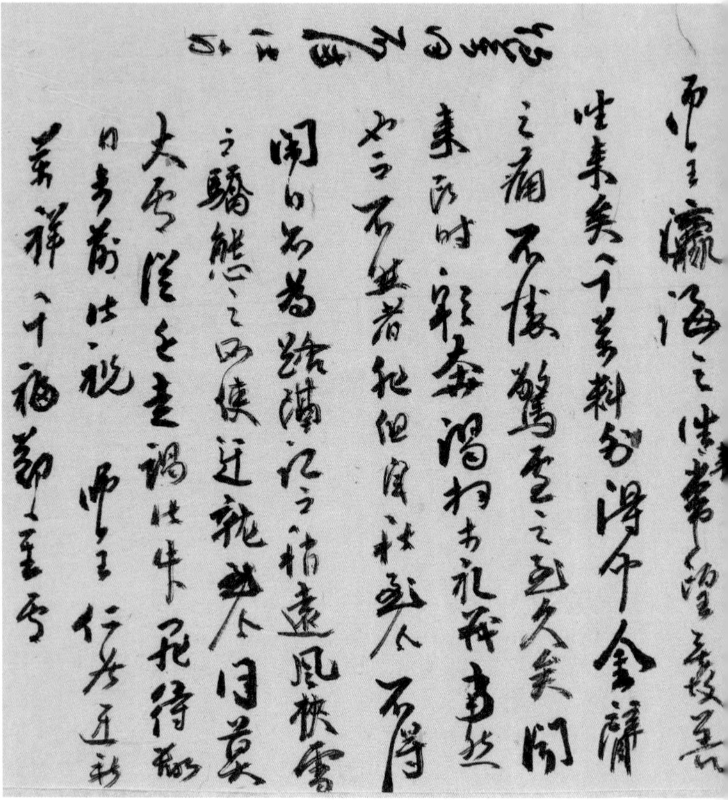

유정이 1843년 쓴 편지

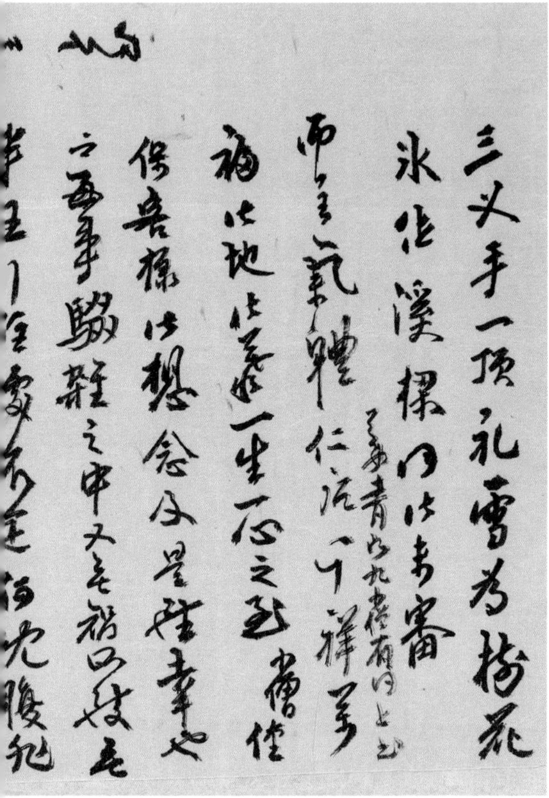

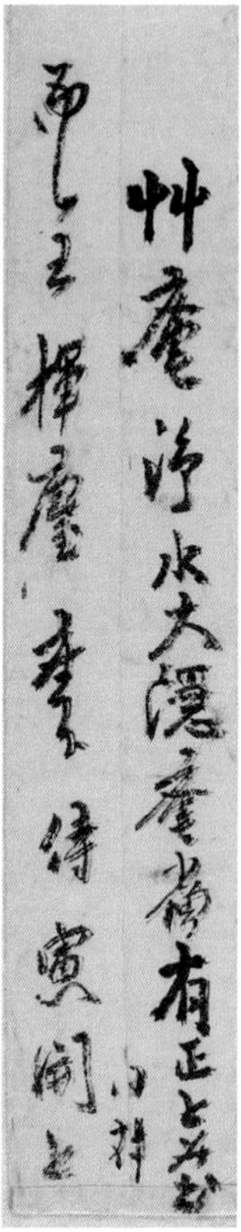

추사 김정희의 「완당전집」

안편지이다. 이 편지의 겉봉의 왼편에는 "휘진좌상 시연 개상揮塵座下 侍寅 開上"이라고 쓰여 있다. 그 의미는 "스승의 자리에 먼지를 떨고 모시는 이가 편지를 열어 올리시오"이다. 옛날 편지에서 볼 수 있는 일반적인 문투이다. 편지를 보내는 사람의 정성 어린 마음이 드러난다. 이처럼 편지의 겉봉은 단순히 발신인과 수신인 외에도 많은 내용을 담고 있다.

유정의 편지에 사주(초의)가 제주에서 팔이 부러지는 상처를 입었다는 소문을 듣고 애를 태우는 그의 심정을 드러냈다. 실제 초의는 1843년에 제주에서 말을 타다가 볼깃살이 헤지는 상처를 입었다. 하지만 초의의 상처는 실제의 상황과는 다른 소문이 퍼져나간 듯하다. 이런 정황은 유정의 편지에서도 확인할 수 있다.

삼가 차수叉手하고 정예를 표합니다. 눈이 내려 나무엔 꽃이 핀 듯하고, 얼음은 시내 다리를 만든 듯합니다. 삼가 문안을 드립니다. 스승께서는 어떠신지요. 살피지 못했습니다만 만복과 모든 상서로움이 깃드시길 빕니다. 땅에 엎드려 일생 한마음으로 사모합니다. 소승은 겨우 객지를 떠도는 처지이지만 생각이나마 미칠 수 있어서 다행이라 여깁니다. 그러나 매번 일마다 뒤섞이고 또 지혜도 없어 이르는 것마다 짝할 이 없이 미친 행동을 하며 머물 곳도 정해지지 않았습니다. 어떻게 잘못된 것을 따른 책임을 면할 수 있으며 또 문중에서 버려져 더럽혀지고 막힘이 깨끗해지겠습니까. 스승(초의)께서는 제주도를 왕래하시는데, 항상 탈 없이 잘 왕래하시길 빌었습니다만 천만뜻밖에도 팔을 다치는 고통이 있었다는 소식을 듣고 오래도록 놀래고 염려됨을 이길 수 없었습니다. 소식을 듣는 즉시 달려가서 뵙는 것이 예의에 마땅합니다. 하지만 그렇게 하지 못한 것은 가을부터 지금까지 한가한 날이 없었을 뿐만 아니라 또한 길이 강으로 막혀 조금 멀고 눈보라가 쳐 교만한 태도의 부림을 받아 세월을 보내다가 지금에 이른 것입니다. 민망함이 이보다 클 수는 없습니다. 가까운 날에 달려가 뵙길 계획하여 수일이 되기 전에 벌을 받겠습니다. 삼가 사주께서 인후하시길 빕니다. 새로운 많은 상서로움을 맞으시고 모든 복이 은근하시길……. 나머지는 이만 줄입니다. 삼가 아뢰니 상서를 살펴주십시오. 1843년 12월 초9일 소승 유정 삼가 올립니다.

三叉手一頂禮 雪爲樹花 氷作溪樑 謹伏未審師主氣體仁厚 千祥萬福

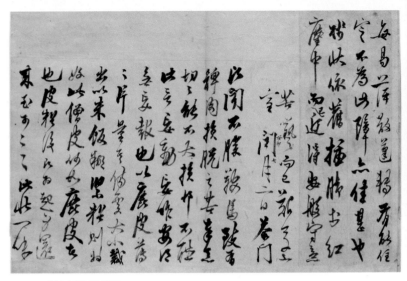

추사가 써보낸 편지

伏地伏慕 一生一心之至 小僧 僅保客樣 伏想念及 是雖幸也 而每事

駸雜之中 又無智所致 無伴狂行 住處不定 何免腹非之責 又棄於門

下 滓沈椌白 師主瀛海之往來 常望無故善往來矣 千萬料外 得聞金

臂之痛 不勝驚慮之至久矣 聞來卽時躬奔謁拜 於禮義當然也 而不然

者 非但自秋至今不得閑日 亦爲路隔江而稍遠 風挾雪而驕態之所使

遷就至今 悶莫大焉 從近走謁伏計 罪待數日未前 伏祝師主仁候 迓

新萬祥 千福鄭重焉 餘萬謹不備 伏白下鑑 上書 癸卯 十二月 初九

小僧 有 謹上書

눈에 띄는 대목은 유정이 대흥사 사중에서 잘못을 저질러 "어떻게 잘못된 것을 따른 책임을 면할 수 있으며 또 문중에서 버려져 더럽혀지고 막힘이 깨끗해지겠습니까"라고 한 곳이다. 이는 유정이 객지를 떠도는 객승이 된 까닭을 추측해 볼 수 있다. 그런 상황임에도 사주(초의)에 대한 성의는 변함이 없어서 늘 사주가 편안하게 수행하길 빌었다.

한편 유정이 초의에게 편지를 보낸 시점으로부터 초의가 제주도를 찾아간 시기를 추적해 볼 수 있다. 실제 초의가 제주도를 방문했던 시기는 언제였을까. 이를 밝힐 문헌적 자료는 제법 풍부하게 남아 있는데, 초의의 「일지암시고」와 추사 김정희의 「완당전집」 등이 그것이다. 특히 「일지암시고」에는 1843년 여름 제주목사 이원조가 초의의 시를 구하기에 지었던 글인 〈제주목사 이공이 시를 구하기에 마침내 망경루를 차운하다(濟牧李公索詩遂次望京樓韻)〉가 수록되어 있다. 이보다 더 구체적인 정보를 얻을 수 있는 자료는 추사의 「완당전집」에 실린 〈여초의〉18이다. 이 편지에 초의가 제주에서 말을 타다가 상처를 입었던 고충을 피력했다. 하지만 편지를 쓴 날짜를 기록하지 않아 아쉬움이 남았지만 이 문제가 자연스럽게 해결될 수 있었던 건 얼마 전 「벽해타운첩」이 발굴되었기 때문이다. 벽해는 제주를 뜻한다. 초의는 제주 시절 추사秋史 김정희金正喜(1786~1856)가 자신에게 보낸 편지를 묶어 「벽해타운첩」이라 명명했다. 이 첩이 모옥션에 경매품으로 출품되었는데, 바로 「벽해타운첩」에 수록된 추사의 편지 중 하나가 「완당전집」〈여초의〉18과 같은 편지였다. 덕분에 〈여초의〉18이 1843년 7월 2일에 쓴 것임이 확인되었다. 따라서 초의가 말을 타다가 상처를 입은 시기는 1843년 음력 7월 2일 이전이었을 것으로 추측되며, 그가 제주에 간 시기는 1843년 3~4월경(음력)으로 추정된다.

그럼 1843년 7월 2일에 보낸 추사의 편지에는 초의 부상을 어떻게 서술하고 있을까.

말안장에 볼깃살이 벗겨져 감당할 수 없는 고통을 당하셨다고 하니 가여움이 절절합니다. 크게 다치시지는 않으셨는지요. 내 말을 듣지 않고 경거망동을 하셨으니 어찌 함부로 행동한 것에 대한 업보가 없겠습니까. 사슴 가죽을 아주 얇게 떠서 (이것을) 상처의 크기에 따라 잘라 밥풀을 짓이겨 붙이면 좋아질 것입니다. 이는 중의 살가죽이 어떻게 사슴 가죽과 같겠는가. 사슴 가죽을 붙인 후에는 곧바로 일어나 돌아올 수 있을 것입니다. 저는 찌는 더위가 괴로울 뿐입니다. 겨우 적습니다. 그럼. 1843년 윤7월 2일 다문

卽聞不勝鞍馬致有髀肉損脫之苦 奉念切切 能不大損耶 不聽此言 妄動妄作 安得無妄報也 以鹿皮薄薄片 量其傷處大小裁出 以米飯糊緊

粘則爲好 此僧皮何如鹿皮者也 皮粘後 卽爲起身還來至可至可 此狀

一味苦熱而已 艱草不宣 癸卯閏七月二日 茶門

　추사는 "(초의가) 말안장에 볼깃살이 벗겨져 감당할 수 없는
고통을 당하셨다고 하니 가여움이 절절합니다"라 하였다. 앞에
서 언급한 것처럼 초의가 제주에서 말을 타다가 볼깃살이 헤지
는 상처를 입었다. 하지만 유배 중이던 추사로서는 이렇다 할
조치를 해주기 어려웠을 것이다. 초의의 부상 소식을 제주목사
이원조를 통해 듣고 이 편지를 보냈던 것으로 보인다. 추사가
초의에게 "사슴 가죽을 아주 얇게 떠서 (이것을) 상처의 크기에
따라 잘라 밥풀을 짓이겨 붙이면 좋아질 것입니다"라는 치료법
을 알려준다. 또 "중의 살가죽이 어떻게 사슴 가죽과 같겠는가.
사슴 가죽을 붙인 후에는 곧바로 일어나 돌아올 수 있을 것입니
다"라고 썼다. 오랜 친구 사이의 해학이 돋보인다.

　한편 초의가 부상을 입었다는 소식은 바람처럼 퍼져나갔다.
유정이 말한 것처럼 팔이 부러졌다는 소문도 그중 하나다. 다른
한편으로 초의와 교유하던 유자들 사이에서는 초의가 말에서
떨어져 다리가 부러졌다는 소문도 있었다. 당시 초의와 친분이
있던 사람들 사이에서 소문이 장황하게 퍼져나갔던 것이다.

　초의는 제주에 가기 전 자신의 고향인 신기마을을 찾았다. 그

때가 1843년이다. 당시 그는 〈고향에 돌아가歸故鄉〉를 짓는다. 초의는 40여 년 만에 고향을 찾아, 어린 시절을 보냈던 신기마을 옛 집터를 바라보았다. 그 회한을 "아득히 고향을 떠난 지 40년 만에 / 머리가 하얗게 센 줄도 모른 채 돌아왔네. / 신기의 집터엔 풀이 우거져 옛집이 어딘지 / 이끼로 덮인 옛 무덤, 걸음마다 수심이 인다"라고 읊었다. 초의는 아마 자신의 고향에서 무상과 공空의 이치를 피부로 느꼈을 터이다. 하지만 초의는 출가승이었다. 세속의 정에 단호했던 수행자의 풍모는 〈고향에 돌아가(歸故鄉)〉라는 시의 끝부분 "외로운 사람 다시 구름 따라 떠나려 하니 / 아! 고향 찾음이 부끄럽구나"에 드러난다.

고향을 돌아본 후 제주로 떠났던 초의의 여정은 목숨을 건 항해였다. 해후의 기쁨은 추사의 편지에도 그 잔영이 스며 있다. 1843년 9월경에 보낸 추사의 또 다른 편지에는 뭍으로 돌아가는 초의를 위해 순조로운 바람, 뱃길도 여의하길 비는 내용이 보인다. 이들의 아름다운 우정은 이처럼 성의를 다하는 관계였다.

초의에게 걸명乞茗을 청한 추사의 차 애호는 이미 알려진 것이거니와 유정의 편지 또한 1843년경 제주에서 한 철을 보낸 초의草衣의 일상을 단편적으로 드러낸 것이라 하겠다.

정학연의 편지

유산酉山 정학연丁學淵(1783~1859)은 다산茶山 정약용丁若鏞 (1762~1836)의 장남으로, 초의와 추사 김정희(1786~1856)를 연결해준 인물이다. 강진 다산초당에서 처음 만난 정학연과 초의는 평생 돈독한 우정을 나눴다. 특히 처음 한양을 찾았던 초의에게 적극적으로 도움을 주었던 정학연은 1830년경 초의의 두 번째 상경 길에도 물심양면 후원을 아끼지 않았다. 실제 초의가 경화사족京華士族들과 폭넓은 교유를 확대했던 계기는 정학연이 마련해준 것이라 하겠다.

정학연과 초의는 각기 수신과 수행을 실천하며 목표를 이루고자 했다. 유학자와 승려라는 신분을 초월한 이들의 우정은 조선후기 격의 없는 유불의 교유라 할 수 있다. 이들의 친분을 돈독하게 한 매개물은 시와 차, 편지이다. 게다가 뜻을 공유하고

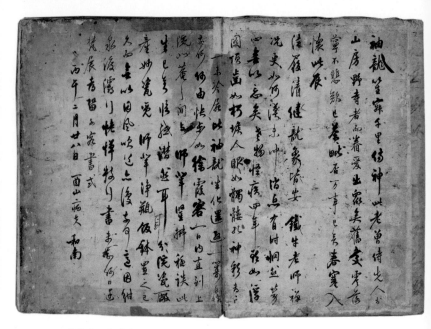

유산이 보낸 편지

서로의 향상에 도움이 되었던 이들의 인간적 우정은 대를 이어
계속되었으니 참으로 아름다운 선연善緣이다.

정학연이 살던 마현과 초의의 수행처였던 대흥사는 천 리나
되는 거리였다. 그럼에도 불구하고 인편이 있을 때마다 서로의
안부를 묻는 서신과 시통詩筒을 보냈는데, 서로의 향상을 격려
했던 이들의 모습이 시문과 편지에 또렷하게 드러난다.

정학연이 1846년 2월 28일 초의에게 보낸 편지에는 서로를
아끼는 따뜻한 마음이 환하게 드러날 뿐 아니라, 수룡색성袖龍

賾性(1777~1845)이 열반했던 해를 밝힐 내용도 들어 있다. 수룡은 대흥사 승려로 아암의 제자이다. 범해의 『동사열전』에 의하면 전라남도 관촌 출신으로, 어려서 대흥사로 출가, 모윤의 제자가 되었다. 조선후기 대강백이었던 아암혜장兒庵惠藏(1772~1811)에게 『주역』을 배웠고, 『정법안장』을 전수받았으며 수룡이란 법호를 받았다고 한다. 다만 『동사열전』에는 수룡이 북암에서 8월 15일에 입적했다고 밝혔을 뿐 열반 연도를 언급하지 않았다. 수룡의 행적을 담고 있는 다른 자료에서도 그의 열반 연도를 추측하기가 어려웠다. 널리 알려진 사실은 그가 주로 강진 만덕사에서 수행했던 대흥사 승려였다는 점이다. 정학연의 편지에는 "어느 날 내직內直(다산)께서 상원上院과 여암如菴 사이에 오셨을 때 스님들과 불자拂子를 세우고 편안히 담소했던 것은 이 사람 뿐이었습니다"라는 내용이 보인다.

이번에 소개할 정학연의 편지에서는 자신과 초의의 관계뿐 아니라 수룡과 다산의 관계도 잘 드러난다. 그의 편지에서 "수룡스님이 입적하셨다니 천 리에서도 마음에 상처가 큽니다. 이 노스님께서는 일찍이 산방山房 야사野寺에서 아버지를 모신 사람이라 그립고 아낌이 출중합니다. 옛 친구가 돌아갔다니 어찌 슬퍼 탄식하지 않겠습니까"라고 했다. 이를 통해 만덕사의 산내山內 암자에서 머물던 다산을 곁에서 모신 이가 바로 수룡이었음도 확인된다.

정학연 편지의 크기는 32.0×42.1cm이다. 서첩 속에 들어 있던 자료로, 겉봉이 없어진 상태다.

수룡스님이 입적하셨다니 천 리에서도 마음에 상처가 큽니다. 이 노스님께서는 일찍이 산방山房 야사野寺에서 아버지를 모신 사람이라 그립고 아낌이 출중합니다. 옛 친구가 돌아갔다니 어찌 슬퍼 탄식하지 않겠습니까. 이미 다비는 마쳤는지요. 모든 일이 끝이로군요. 봄추위가 품을 파고듭니다. 이런 때 (초의) 스님은 맑고 강건하시고 용상도 모두 편안한지요. 철우노사의 수행 근황은 어떻습니까. 소식을 듣지 않은 지가 아득하게 느껴집니다. 때로 망연히 노심초사하여 잊지 않았습니다. 늙은 저는 4년 동안 괴이한 병이 들어 머리가 부도의 정수리처럼 되었고 이빨은 마치 썩은 흙 장승 같으며, 눈은 해골 구멍같이 광채를 다 잃어 일말의 싸늘한 시체 같습니다. 수룡스님의 앉아 망탈忘脫 좌화坐化한 것과 견준다면 도리어 뒤진 감이 있지만 스스로 가련해한들 어쩌겠습니까. 어떻게 사뿐히 걷는 서하객徐霞客과 같겠습니까. 어느 날 내직內直(다산)께서 상원上院과 여암如菴 사이에 오셨을 때 스님들과 불자拂子를 세우고 편안히 담소했던 것은 이 사람 뿐이었습니다. 편지를 대하니 눈물이 흐를 뿐입니다. 분원(광주분원)의 자기창에서는 묘한 그릇을 만듭니다. 스님께서 쓰실 정병 淨瓶과 바루飯鉢를 찾아 둔 지가 이미 오래되었는데 인편이 마땅 치 않아 보내지 못했습니다. 다시 어찌해야 할지요. 마침 감천 紺泉(윤종심)이 파수灞水를 건너간다고 하니 산란한 마음으로 몇 줄 편지를 씁니다만 어느 날 스님께 도달할 수 있을는지 모르겠 습니다. 나머지는 이만. 서식을 다하지 못했습니다.

1846년 2월 28일 유산 정학연 병부 화남

袖龍笙寂 千里傷神 此老曾侍先人於山房野寺者 而眷愛出衆矣 舊交 零落 寧不悲歎 已茶毗否 萬事已矣 春寒入懷 此辰 法履淸健 龍象 皆安 鐵牛老師禪況 更如何 漠未聞消息 有時惘然 勞心無以忘矣 老 物怪疾四年 頭如浮圖頂 齒如朽堞人 眼如髑髏孔 神彩都亡 一末冷 屍 比袖龍坐化 還遜一籌 自憐 奈何 何由快步 如徐霞客 一日內直 到上院如菴之間 與師輩竪拂穩談 此生已矣 臨紙潸然耳 分院瓷廠 産妙瓷 覓師輩淨瓶飯鉢 置之已久 而無以因風吹送 亦復奈何 適因 紺泉渡灞行 悋惝數行書 未知何日達梵展 都留 不究書式

丙午 二月 十八日 酉山病夫 和南

앞에서 언급한 바와 같이 이 편지를 통해 수룡의 열반 연도를 확인할 수 있다. 범해의 『동사열전東師列傳』에 8월 15일에 열반 했다고 했으니 적어도 이 편지를 쓴 1846년 2월 이전에 이미 수

초의와 정학연이 처음 만난 강진의 다산초당

룡은 열반한 상태이다. 따라서 정학연이 수룡의 열반 소식을 들은 해가 1846년경이므로, 실제 수룡이 열반한 해는 1845년 8월 15일이라 짐작할 수 있다.

1846년경 정학연은 중병을 앓고 있었다. 그는 "늙은 저는 4년 동안 괴이한 병이 들어 머리가 부도의 정수리처럼 되었고 이빨은 마치 썩은 흙 장승 같으며, 눈은 해골 구멍같이 광채를 다 잃어 일말의 싸늘한 시체 같습니다"라고 하였다. 따라서 그는 1842년경부터 병환을 겪고 있었고 1846년경의 병세는 더욱더 깊어져 "싸늘한 시체"와 같다는 자신의 상황을 초의에게 알린 것이다.

어려운 상황에도 정학연은 지극하게 초의를 생각했다. 당시 그는 경기 분원 자기창의 관리소임을 맡고 있었다. 초의를 위해 "정병淨甁과 바루飯鉢를 찾아둔 지가 이미 오래되었는데 인편이 마땅치 않아 보내지 못했다"는 것이다. 이처럼 마음의 증표를 마련했다는 점에서 초의를 위해 늘 성의를 다했던 그의 모습을 엿볼 수 있다. 실제 초의에게 정병과 바루는 긴요한 물품이었다. 더구나 광주 분원에서 생산된 물품은 왕실에 납품된 귀중품임에랴.

이 편지에서 언급한 서하객徐霞客(1586~1641)은 명나라 말기의 지리학자 굉조이다. 1636년 51세 때 절강·강서·호남·광서·귀주·운남 등지等地의 지리地理를 조사했다고 한다. 그도 서하객처럼 건강하게 천하를 주유하고 싶은 뜻을 반영한 것은 아닐까. 병중에 있었던 그의 심사를 읽을 수 있는 대목이다.

정학연의 편지는 감천紺泉 윤종심尹鍾心(1793~1853)이 패수를 건넌다는 소식을 듣고 그의 인편에 보낸 것이다. 윤종심은 다산초당 시절 다산茶山에게 강학을 받았던 사람이다. 그의 초명은 윤동尹峒이었다. 다산의 외척으로 초의와도 깊이 교유했다. 특히 초의의 문하에서 그림 공부를 하던 소치 허련(1809~1893)이 윤두서의 가장본을 빌려 볼 수 있었던 것은 윤종심, 윤종영, 윤종정 등 윤두서 후손들과 친밀하게 교유했기 때문이다. 이들이

"수룡스님이 입적하셨다니 천 리에서도 마음에 상처가 큽니다."

다산초당에서 공부하던 시절 맺은 학연은 다산이 해배되어 강진을 떠난 후에도 이어졌다.

정학연은 초의가 어려움에 부닥쳤던 1858년에도 도움을 주었던 것으로 보인다. 그가 1858년 전주 감영으로 편지를 보내 초의에게 도움을 주려고 했다. 당시 초의는 1857년 상경하여 추사를 조문하고 그해 겨울을 추사 댁에서 머물다 대흥사로 돌아가던 길이었다. 하지만 경제적으로 어려움을 겪던 초의는 대흥사로 돌아갈 비용이 없었다. 바로 이때 초의를 위해 전주 감영에 편지를 보낸 인물이 정학연이다. 전주 감영에 보낸 정학연의 편지는 다음과 같다.

… 전략… 초의는 호남의 이름 있는 승려입니다. 일찍이 소문을 들어 아시는지 어떤지를 모르겠습니다만 지금 초의 노인은 바로 전주 영하에서 머물고 있습니다. 다행히 곧 불러들여 면회를 허락하시고 친히 그 곡절을 물으신다면 살필만한 것을 얻을 수 있을 겁니다. 많은 말에 있는 것은 아닐 것입니다. 초의를 불러 보신 후에 약간의 여비를 도와주시면 좋겠지만 어떠실지 모르겠습니다. 작년 여름 병이 있는데도 상경한 것은 추사를 조문하기 위한 것이고 하나는 초의의 선사(완호)의 비를 새기는 일입니다. 그러나 일이 여의치 않아 가을에 돌아가지 못하고 추

전남 강진의 백련사 대웅전 현판. 조선시대에는 만덕사로 불리기도 하였다.

사 댁에서 겨울을 지내고 지금 비로소 남쪽으로 돌아가는 길인
데 그 행색이 주머니에 돈 한 푼 없이 텅 비었다고 하니 가련하
고 마음에 걸립니다. 봉제奉提할 것은 불과 3~4량이면 대흥사
로 돌아갈 수 있다고 합니다.

… 草衣之爲湖南名僧 曾未聞知否 今草衣老人 方在營下 幸卽招入
賜顏 親問其委折 則可諒得矣 不在多言耳 草衣招見後 略助其行費
則甚好甚好 未知如何 昨夏扶病上京者 一則弔秋史也 一則爲其先師
碑刻事 而事不如意 秋間未歸 過冬於秋史宅 今始南歸 其行色囊乏
一錢云 可憐可念 所以奉提 不過三四兩 可抵寺云耳

1857년 초의가 상경한 이유는 완호스님의 탑명 글씨를 받으려는 것이 첫 번째이고, 추사를 문상하는 것이 두 번째였다. 추사가 세상을 떠난 시기는 1856년이었지만 초의가 상경한 것은 그 다음 해인 1857년이다. 초의는 겨울 한 철을 추사 댁에서 머물다가 다음 해 봄에 대흥사로 돌아간다. 하지만 초의는 전주에서 노잣돈이 떨어져 어려움을 겪는다. 이를 해결하기 위해 나선 이가 바로 정학연이었다.

　　얼마 후 초의는 전주 감영의 도움으로 무사히 대흥사로 돌아갔으리라. 그러나 이 편지는 당시 사찰의 재정 형편이 얼마나 열악했는지를 짐작하게 한다. 초의의 막역한 후원 세력인 추사가 돌아간 후 초의의 현실 상황도 그리 녹록하지는 않았던가 보다. 아! 시절 인연의 소중함은 이런 것이리라.

북산도인 변지화의 편지

조선후기의 관료 변지화는 초의와 동시대를 살았던 인물이다. 변지화는 북산도인北山道人이란 호를 썼다. 1832~1837년경까지 진도 목사를 지냈고 홍현주(1793~1865)의 별서別墅에 출입했던 사람이다. 하지만 그의 생애를 조명할 수 있는 자료로는 초의와 주고받았던 몇 수의 시문이 남아 있을 뿐이다.

　지금까지 학계에서는 변지화가 1832년경 진도 목사로 부임한 후 초의를 처음 만난 것으로 알려졌다. 그러나 1838년 7월 초의에게 보낸 편지에서 변지화는 "해옹(홍현주)의 정사에서 서로 헤어지고 나서 마음은 작은 배에 실려 남으로 가려고 합니다"라고 하였으니 변지화와 초의가 만난 시기는 1831년이고, 장소는 해거도인 홍현주의 청량산방이라고 보는 것이 타당하다. 이 밖에도 두 사람의 친분을 나누었던 자료로는 『초의시고』가 있다. 『초의시고』에는 1832년 초의가 변지화의 시에 화답한 수 편의 시가 남아 있다. 즉, 이들의 교유는 1831년 처음 시작되어 변지화가 진도 목사로 부임한 1832년 이후에도 이어진 것으로 짐작된다.

1838년 7월 변지화가 초의에게 보낸 편지는 전형적인 간찰 형식을 갖추었다. 크기는 24.9×39.5cm이다. 편지의 상단에 "초의선사 앞에 삼가 올립니다(草衣上人雲榻回敬)"라고 썼으며 그 내용은 다음과 같다.

> 한번 해옹의 정사에서 서로 헤어지고 나서 마음은 작은 배에 실려 남으로 가려고 합니다. 얼핏 풍문으로 듣자니 두현斗峴에 머물며 옥강정玉江亭에서 (시를) 읊조린다고 하니 나처럼 문체도 없고 이름도 없는 사람은 곁에 자리할 수도 없으니 공연히 부러워할 뿐입니다. 제가 벼슬을 그만두고 나니 모든 일은 뜬구름과 같습니다. 그러므로 벽에 제題하길 '해향 천 리로 잠시 관직에 나갔더니 인정이 다하자 이가 시큰거린다. 한번 내 집에 누우면 피안에 이른 듯하니 남은 생은 솥에 단약을 요리하련다. 달포 전에 새로 손자를 얻어 늙어 가까이 노니 그 즐거움 잡을 만하다'라고 하였습니다. 우스개로 부賦 일절을 지었습니다.

벼슬을 그만두고 집으로 돌아와

마음 가는 대로 뜰 가득 꽃을 심었네.

처음 품에 안은 건장한 손자, 보는 것으론 부족해

담장 끝 언덕, 사모紗帽한 이에게 술 가져오라 하네.

비록 곡조를 이루지 못했으나 애오라지 그대로 스스로 즐겁습
니다. 경파(옥같이 아름다운 꽃) 두 절은 반도 읽지 못했는데, 산 기
운 서늘하고 맑은 샘 향기가 풀풀 종이에 피어나니 더러운데 앉
아 있는 것도 알지 못하겠습니다. 지난번 넓은 대축大軸은 더욱
놀랄 절구임을 알겠습니다. 그렇다 하더라도 정말 다리 위에서
의 이별은 사람으로 하여금 암담하게 하지 않을 수 있겠습니까.
이에 또한 가을을 기다렸다가 풍악(금강산)을 유람하고 영남으
로 가는지, 그런 후 대둔사大芚寺로 가셨는지요. 동쪽과 서쪽 끝
에서 어떻게 손을 잡을 방법이 있을까요. 면할 수 없으니 돌돌.
"하늘 끝에 미인을 사모한다(望美人天一方)"는 여섯 글자는 돌아
가 정양 선생에게 말씀하시길 바랄 뿐입니다. 전령이 서서 재촉
하기에 다 말할 수가 없군요.

1838년 7월 12일 북산인 변지화 삼가 올립니다.

草衣上人雲榻回敬

一自海翁精舍分袂 意謂杯蘆浮南 仄聞住錫斗峴 唾玉江亭 如我無文
無致者 不敢側席 而徒有健羨而已 僕自從解紱 萬事如浮雲 故題壁

변지화의 편지

以海鄉千里 暫爲官閡 盡人情齒欲酸 一臥吾廬 如到岸 餘年料理鼎

中丹 月前得新孫 楡景含飴 其喜可掬 戲賦一絕曰

官還于吏身還家

隨意移栽滿院花

新抱獼孫看不足

墻頭呼酒岸中紗

雖不成腔 聊以自樂 瓊葩二絕 讀未半 山氣泉香 拂拂從紙上生 不

知坐在塵埃中 比向日廣泮大軸 尤覺警絕 雖然 此別誠河梁 能令人

得無黮然耶 此亦待高秋 擬作楓岳遊 轉向嶺南 然 去大芚 東西涯角
那有奉握之道耶 免不得咄咄 望美人天一方 六個字歸語晶陽先生望
耳 萬萬 使价立促 不能盡述 戊戌 七月 十二日 北山人 謹謝

　편지에 따르면, 초의는 1838년경 금강산을 유람했는데, 수홍
이 동행했다. 당시 초의는 유람을 떠나기 전 한성을 방문했다.
이에 유산 정학연은 초의와 인연이 있는 명사들을 불러 긴 여
정을 떠나는 초의를 격려했다. 변지화도 이런 소문을 익히 듣고
있었던 듯하다. 그래서 그가 "얼핏 풍문으로 듣자니 두현斗峴에
머물며 옥강정玉江亭에서 (시를) 읊조린다고 하니"라고 한 것이
다. 그가 말한 두현은 바로 마현으로 유산 정학연의 거주지다.
이 무렵 초의는 수종사에 머물며 경화사족들과 즐거운 시회詩會
를 열어 서로의 높은 뜻을 공유했다.

　한편 변지화는 1838년경 진도 목사의 임기를 마치고 고향으
로 돌아갔지만, 개인적인 사정 때문에 시회에 참석하지 못했다.
그 대신 초의에게 자신의 시를 보내, 뜻과 이상을 공유하려고
했다. 그렇기 때문에 편지에서 "지난번 넓은 대축大軸은 더욱
놀랄 절구絶句임을 알겠습니다"라고 한 것이다. 서로를 격려했
던 이들의 우정은 유불 교유의 아름다운 흔적이라 하겠다.

　편지에서 언급한 정양晶陽 신태희申泰熙는 해남 현감을 지냈

던 인물이다. 생몰연대는 미상이나, 무관武官 출신으로 변지화
와도 가까이 내왕했다. 이들이 나눈 교유의 흔적은 1837년경 변
지화가 진도 목사로 재임할 당시 초의에게 보낸 편지에서 찾아
볼 수 있다. 변지화가 진도 목사 시절 초의에게 보낸 편지는 "화
원의 관리가 보내는 글花源吏　謝狀"이라는 글귀로 시작한다.

　화원리 사장

　묵은해가 바뀌어 새해가 되었습니다. 소식이 막히고 끊어졌지
　만 스님을 잊지 못하여 한갓 마음만 수고롭게 갈 뿐입니다. 생
　각지도 않았는데 돌아가는 인편에 스님의 편지를 받았습니다.

초의스님의 시문집 「초의시고」

드릴 말씀은 새해 설날에 선체禪體가 진중하시다니 어찌 지극히 위로되고 후련해짐을 이길 수 있겠습니까. 내가 관문 밖에서 새해를 맞으니 나이가 더해짐에 감기까지 심해졌습니다. 나머지는 어찌 다 말할 수 있겠습니까. 임기를 마치고 짐까지 다 쌌습니다. 그러나 한번 간다는 약속은 그 사이에 정양이 한양으로 상경하는 바람에 신의 잃음을 면하지 못할 것이니 탄식한들 무엇하겠습니까. 떠날 날짜는 다음 달 10일로 이미 정해졌으니 초 2, 3일 사이에 기약하여 소매를 떨치고 약속을 실천할 계획을 세운다 하더라도 일이 뜻과 같지 않은 것이 많으니 또한 그 일이 정확하다는 것을 보장하기는 어렵습니다. 「동다행」을 한양으로 보낼 때 사람을 시켜 급하게 등사하였기에 지금 보니 잘못된 곳이 많습니다. 질의를 표시해 놓은 것 이외에도 또 착오가 있는 듯합니다. 그러므로 보냅니다. 잘못된 곳을 개정하시길 바라며 돌아오는 인편에 다시 보내주길 바랄 뿐입니다. 나머지는 이만. 법식을 다 갖추지 못했습니다.

1837년 28일 북산노인(卜持華) 둔

花源吏 謝狀

歲換新舊 信息阻絶 懸望雲水 徒勞神往 非意轉便 獲承手滋 仍諗新元 禪體珍重 豈勝慰豁之至 俺關外逢新 齒添感崇 餘何足道 苽已熟矣 李將治矣 然一造之約 間因晶陽之上洛 未免失信之科 何嘆何嘆

發行日字 以開月旬日已定 期於初二三間 奮袂踐約計 而事不如意者

多 亦難保其的然也 東茶行送京時 使人急謄 今覽多誤 懸標質疑而

此外 似又錯誤 故 爲付呈 幸望逐處改定 回便 還投是望耳 餘留 不

備式 卄八日 北山老人 頓

편지의 내용에 따르면, 1837년 초의는 홍현주의 요청으로
「동다송東茶頌」을 지었고, 초의에게 홍현주의 궁금증을 전달한
사람은 바로 변지화였다. 당시 그는 진도 목사의 임기를 마치고
한양에 올라갈 준비를 끝냈기 때문에 정양 신태희와 함께 초의
를 만나러 간다는 약속을 지키지 못할 상황이었다. 신태희의 사
정으로 약속이 불발되었지만, 이를 못내 아쉬워했다.

한편 이 편지는 초의의 「동다송」 저술 배경과 관련된 정보를
제공했다는 점에서 매우 중요한 의미를 지닌다.

이 편지에서 「동다송」의 저술 배경을 비롯한 다양한 정보를
제공했다. 초의의 「동다송」이 처음 저술될 당시에 표제는 「동
다행東茶行」이었다. 「동다행」이 「동다송」으로 바뀌게 된 사연
은 이렇다. 초의가 「동다행」을 지어 변지화에게 보냈으며 변지
화가 다른 사람을 시켜 「동다행」을 필사하는 과정에서 잘못된
점을 발견했으며, 또 다른 오류도 있다는 사실을 알게 된다.
이에 변지화는 "「동다행」을 한양으로 보낼 때 사람을 시켜 급

하게 등사하였기에 지금 보니 잘못된 곳이 많습니다. 질의를 표시해 놓은 것 이외에도 또 착오가 있는 듯합니다. 그러므로 보냅니다. 잘못된 곳을 개정하시길 바라며 돌아오는 인편에 다시 보내주길 바랄 뿐입니다"라고 썼던 것이다.

이 편지는 변지화와 초의, 그리고 홍현주 등 당시 초의와 교유했던 경화사족들의 차에 대한 관심뿐 아니라 유불의 깊은 교유가 「동다송」을 저술하게 한 요인이었음을 밝힌 자료이다. 한 장의 편지로, 조선후기 차문화사의 근저가 되는 「동다송」의 저술 배경이 밝혀졌던 것이다. 자료의 중요성은 명백하다.

원장의 편지

경성사 승려 원장元長은 초의에게 편지를 보내 함월노화상涵月 老和尙(1691~1770)의 영상影像을 그리는 데 참여해달라고 요청한 다. 이는 초의가 불화에 능했기 때문이리라. 추사 김정희의 편 지에서 드러났듯이, 초의가 선종의 초묵법(갈묵으로 그림을 그리는 기법)을 이어 소치 허련에게 가르쳤다. 원장의 편지에서는 초의 가 대둔사 관련 승려들의 영상을 그리는 데 주도적으로 참여 했음을 확인할 수 있다.

원장은 대둔사와 어떤 연관이 있었던 인물이었을까. 이와 관 련하여 원장의 법계를 추적해 보니 환로喚老-해원-궤홍軌泓 (1714~1770)-등인等仁-덕준德俊-영허-원장으로 이어졌다. 그의 법계 중에 해원의 호는 함월이며 자는 천경天鏡인데, 그의 스승 이 바로 대둔사 환성지안喚惺志安(1664~1729)이다. 특히 해원함월

겸재 정선의 〈단발령망금강〉

은 함경도 함흥 출신으로 14세에 도창사道昌寺로 출가했다. 경장經藏·율장律藏·논장論藏의 삼장三藏에 모두 능통하였으며, 『화엄경華嚴經』과 『선문염송禪門拈頌』에 정통하였다. 인욕행忍辱行이 남달랐으며 이타행利他行을 실천하여 사람들의 칭송이 자자했던 인물이다. 그러므로 원장은 대둔사의 법계를 잇고 있는 셈이다.

한편 해원함월의 제자 궤홍(1714~1770)도 대단한 수행력을 가진 승려였다. 그의 호는 완월翫月이다. 12세 때 평강平康 보월사寶月寺로 출가하였고, 해원海源에게 불법을 배운 뒤 법맥을 이었으며, 항상 스승을 따라 수도하였다. 만년을 석왕사釋王寺에서 지내며 후학들을 지도하다 이곳에서 열반하였다. 제자 각웅覺雄 등이 다비한 후 사리를 수습하여 부도를 세웠고 대제학 황경원黃景源이 비문을 지었다.

아울러 원장의 생애도 살펴보자. 그의 호는 문담文潭이며, 어려서 유학과 노장학老莊學을 배웠다고 한다. 영허映虛에게 나아가 제자가 되었으며 5년 동안이나 전국의 고승을 찾아 불경을 공부했다. 후일 삼각산에서 7년간 후학을 양성하기도 하였다. 2년간 표충사총섭表忠祠摠攝을 역임했고 노년에는 설봉산 석왕사釋王寺로 들어가서 스승을 극진히 봉양했다고 한다. 그의 비석은 석왕사에 남아 있는데 이는 제자들이 세웠다고 알려져 있

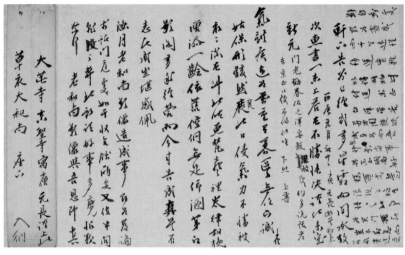

원장의 편지

다. 제자들이 스승에게 극진한 사제의 예를 다했다는 점에서 그의 수행력과 인품을 짐작해 볼 수 있다.

원장은 그 법계가 대둔사와 연관이 깊은 인물이었기에 아마도 초의에게 함월의 영상影像(초상)을 부탁했을 것이다. 원장이 초의에게 편지를 보낸 것은 1856년 1월 10일이다. 편지의 크기는 31.8×46.7cm이다. 편지의 서두에 "경성사 거처에서 소승 원장이 삼가 올립니다(京聖寺寓 小僧元長 謹上狀)"라고 하였다.

수레 아래에서 고별한 지 이미 얼마나 많은 세월이 지나는 동안 수 차례 편지를 받았사오나 한 번도 답장을 올리지 못했습니다.

더욱 한탄됨을 이기지 못하겠습니다. 새해가 되었지만 (문후를) 살피지 못했습니다. 기체가 이어 만중하신지요. 구구하게 사모하는 제 마음을 감당할 수 없습니다. 소승은 겨우 몸을 보존할 만하나 날로 쇠퇴해져서 기력이 옷도 이기지 못할 지경이니 더욱 이 고통을 큰 소리로 울부짖습니다. 목어 치는 소리 속에서 (魚梵聲裡) 한 해가 서로 바뀌어 (나이) 한 살만 보태졌습니다. 옛날 어리석음이 그대로이니 번거롭게 하기에도 부족합니다. 다만 말씀드릴 것은 영각을 수 년간 경영하시어 지금 완성하셨다니 참으로 뜻 있는 사람이나 이룰 수 있는 것입니다. 어찌 그 감동을 감당할 수 있겠습니까? 함월노화상涵月老和尙의 영상을 조성하는 일은 저의 문중에서 논의하여 약간의 돈을 모았습니다

해남 대둔사(대흥사)의 모습을 담은 옛 사진

만 또 중간에 다 없어지는 폐를 입었는데 이는 좋은 일에 나쁜 일이 일어난 것이라고 합니다. 한탄을 어찌 다하겠습니까. 노 화상의 영상과 우리 은사의 진영은 제가 있는 곳에서 다 만들려 했으나 천 리 멀리 있는 길을 옮긴다는 것이 실로 어렵습니다. 따라서 물자를 소략하게 종정께 보냅니다. 노고를 꺼리지 마시 고 힘껏 주선하여 순조롭게 봉안하시고 우리 은사의 영답 일은 종정에게 번거롭지만 일일이 좋도록 상의하여 낭패가 없도록 해주십시오. 오직 믿겠습니다. 이 일은 문손이 할 일이니 어찌 여러 생각을 하지 않겠습니까. 만약 귀하의 주변에서 우리 문중 에 노스님을 도와주시는 은택이 아니면 어찌 감히 시작을 도모 했겠습니까. 나머지 여러 말들은 모두 종정의 구변에 달렸습니 다. 이만 줄입니다. 잘 살펴주시길 빕니다.

1856년 1월 초10일 소승 원장이 머리를 조아리며 올립니다.

京聖寺寓 小僧 元長 謹上狀 草衣大和尙 座下 入納

軒下告別 已經幾多星霜 而間承數次惠書 一未上答 尤不勝悵缺 謹 伏未審新元 氣體候連爲萬重 有慕區區 無任下誠 小僧姑保形骸 然 衰狀日侵 氣力不勝 被衣之際 尤叫此苦 魚梵聲裡 歲律相換 增添一 齡 依舊倥侗 無足仰溷 第白 影閣多年經營 而今來告成 眞是有志者 成 豈堪感 佩涵月老和尙影像造成事 卽爲發論於諸門庭處 如干收合 錢兩矣 又値中間乾沒之弊 此所謂好事多魔 恨歎奈何 老和尙影像與

석훈이 초의에게 써보낸 문안 편지

吾恩師眞影 自鄙處 欲爲盡成 而千里遠程 移運實難 故博(薄의 오자)
略物材 付送宗正 勿憚勞苦 另力周旋 順成奉安 而吾恩師影畚事 與
宗正爛商好樣區區處 無至狼狽之境 專恃專恃 此事爲其門孫者 豈不
萬念 而若非貴邊吾門老眷佑之澤 安敢謀始哉 餘多說話 都在宗正口
便 不備 伏惟下照 上書 丙辰 元月 初十日 小僧 元長頓首拜上

　　원장은 함월대화상의 영상을 준비한 과정에 관해, "함월노화
상涵月老和尙의 영상을 조성하는 일은 저의 문중에서 논의하여
약간의 돈을 모았습니다만 또 중간에 다 없어지는 폐를 입었는
데 이는 좋은 일에 나쁜 일이 일어난 것이라고 합니다"라고 하
였다. 함월의 영상을 조성하기 전부터 비용을 염출했던 정황이

대방광불화엄경 진본. 국보 제202호

드러난다. 그러나 이런 과정에서 십시일반 염출했던 돈이 없어지는 변고를 입었던 듯한데 어떤 연유로 비용을 잃어버렸는지는 밝히지 않았다.

대둔사와 관련 있는 또 다른 내용은 초의가 발의한 영각이 1857년경 완성되었다는 사실이다. 초의는 1851년경 대광명전을 완공했다. 이는 추사 김정희의 해배를 기원하기 위해 권돈인 등의 시주로 완성된 것이다. 대광명전을 완공한 후 초의는 일지암

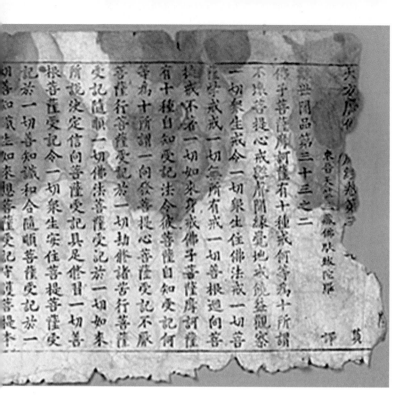

을 떠나 대광명전 쾌년각에서 지내다가 열반하였다. 그런데 대
광명전 내에 조성했던 영각의 완성 시기가 바로 원장의 편지에
서 밝혀진 것이다. 원장의 편지에 따르면, "영각을 수 년간 경영
하시어 지금 완성하셨다니 참으로 뜻 있는 사람이나 이룰 수 있
는 것입니다. 어찌 그 감동을 감당할 수 있겠습니까?"라고 했다.

다른 한편으로 초의에게 보낸 승려의 편지 중에 수암석훈壽庵
碩訓의 편지가 주목할 만하다. 그의 법계를 『불조종파계보佛祖宗

설봉산 석왕사의 옛 모습

派系譜』에서 살펴보니 호암-연담-의암-은암-경월로 이어지는 법계를 이은 대둔사(대흥사) 승려이며 초의의 제자이기도 하다. 호는 수암壽庵이며 석훈은 그의 법명이다.

석훈은 1857년 편지에서 "인편에 들으니 뜻밖에도 완호법사의 비 조성하는 일을 주관하시기 위해 스님께서 천리 밖에 머무르신다고 합니다"라고 하였다. 이 시기에 초의는 추사의 상청喪廳에 조문하는 일과 완호의 비문을 받기 위해서 상경한 바가 있다. 당시 석훈도 경기도 지역에 머물며 수행을 하고 있었는지 "경기에 머무는 본사 소승 석훈이 올리는 편지(京畿留 本寺 小僧 碩訓 謹上狀)"라고 하였다. 편지의 크기는 33.0×57.5cm이다.

봄 사이 뵙고 난 후 끝내 소식을 듣지 못했습니다. 일상에서도 장탄식이 그치질 않습니다. 삼가 살피지 못했습니다. 맑은 계절 중추에 대법하의 기력 만안萬安 하시지요. 사모함이 이루 다할 수 없습니다. 소승은 멀리서도 생각하시는 은택을 입어 죄 중에도 전처럼 소식하며 지냅니다. 삼가 다행이라 생각합니다. 인편에 들으니 뜻밖에도 완호법사의 비를 조성하는 일을 주관하시기 위해 스님께서 천리 밖에 머무르신다고 합니다. 역력한 마음이 날마다 간절하지 않은 적이 없습니다. 항상 바라는 것이 마장 없이 잘 이뤄져서 쉽게 본사로 행차하시길 천번 만번 빕니다. 여러 말은 가는 사람을 통해 말씀드리겠습니다. 이만 줄입니다. 삼가 살피시길. 올립니다.

1857년 8월 16일 소승 석훈 배상

春間伏拜之後 終不聞消息 居常悵歎不已 謹伏未審 淸序仲秋 大法下氣力 以時萬安 伏慕區區 無任下誠之至 小僧遠蒙下念之澤 罪中蔬食依前 伏幸伏幸 第白 便聞 千萬意外 先大法師主體碑造成事 尊體留於千里之外云 譯譯之心 無日不切 常以所願者 無魔善成 而易以行次於本寺之地 千萬伏望 餘萬去人口達中 不備 伏惟下鑑 上狀

丁巳 八月 十六日 小僧 碩訓 拜上

석훈의 편지는 1857년 상경했던 초의의 소식을 다시 확인할 수 있는 자료이다. 앞서 언급했듯이 초의는 완호의 비문을 받기 위해 상경했지만, 더욱더 긴요한 일은 평생지교를 이어갔던 추사 김정희의 상청에 조문하는 것. 실제 추사가 세상을 떠난 해는 1856년이지만 초의가 조문한 것은 그 다음 해 대상大喪 무렵이었다. 초의는 추사의 상청에 차를 올리고 조문을 바쳐 벗의 극락왕생을 빌었는데, 이 조문은 지금도 읽는 이의 심금을 울린다. 벗을 잃은 자신의 슬픔을 담담하게 읊은 초의의 글은 수행자의 풍모를 드러내기에 충분한 글이라 하겠다.

한편 완호의 비문은 권돈인이 썼다. 원래는 신위가 쓸 예정이었지만 귀양을 가는 변고를 당해 끝내 비문 글씨를 완성하지 못했다. 세상의 풍랑은 참으로 모질었다. 이런 상황에서도 초의는 스승 완호의 비를 완성했으니, 그가 보인 사제의 정은 지순했다.

우기의 편지

우기祐祈는 1860년 4월과 7월 두 차례에 걸쳐 초의에게 편지를 보냈다. 당시 그는 대원암大圓庵에 머물렀다. 대원암은 안암동에 위치했을 가능성이 크다. 우기의 법호는 지봉智峯이다. 1860년 4월의 편지는 교동 대감에게 사중의 일을 부탁하였다. 교동 대감은 당시 권문세가였던 김조순金祖淳(1765~1832)의 아들 김좌근金左根(1797~1869)으로 추정된다. 그의 편지를 차례로 살펴보자. 먼저 1860년 4월의 편지이다. 크기는 30.4×45.5cm이며 겉봉엔 "대원암 소승 우기가 올립니다"라고 썼다.

삼가 살피지 못했습니다. 녹음이 울창한 이때 노스님께서는 두루 편안하시지요. 멀리에서 사모하는 마음, 이루 다 말할 수 없습니다. 소승의 모습은 예전과 같아 다행입니다. 앙달仰達하여

우기가 4월에 보낸 편지

아룁니다. 본사에서 거론한 일은 올봄, 능에 행차하실 때 성심으로 말씀을 올렸습니다. 도령都令은 주문奏文을 받아들이지 않습니다. 그러므로 뜻대로 이뤄지지 못할 것이니 삼가 민망합니다. 그러나 지금 교동校洞 대신大臣에게 요행히 연유를 말씀드린다면 바라는 대로 될 듯도 합니다. 그러므로 일을 마무리 짓도록 연구해 보심이 어떻겠습니까. 암암리에 마음으로 축원할 뿐입니다. 마침 가는 인편이 있어 이에 대략을 말씀드리니 삼가 이처럼 말씀드리는 것을 아실 것입니다. 나머지는 다 올리지 못했습니다. 만안 진중하시길 엎드려 기원합니다. 삼가 다 갖추지 못했습니다. 삼가 생각건대.

1860년 4월 4일 소승 우기 삼가 올립니다.

謹伏未審 是辰綠陰 大法氣體候 循序康寧乎 遠伏慕不任之地 小僧色

四依前 伏幸 仰達就白 本寺擧論事 今春陵幸時 誠心上言矣 都令不

得入啓 故未逐如意 伏悶 然方今校洞大臣 幸告緣由 則似爲如願 然

究竟事如何 暗心至祝耳 適有往便 茲以畧舌謹告如是 諒會焉 餘未拜

前 萬安珍重 伏望 謹不備 伏惟 庚 四月 初四日 小僧 祐祈 謹拜

　당시 본사인 대흥사에서 거론되었던 일이 무엇인지는 알 수
없지만, 사중寺中에 긴요한 일이 있었던 것은 분명해 보인다. 그
러므로 초의에게 "지금 교동校洞 대신大臣에게 요행히 연유를
말씀드린다면 바라는 대로 될 듯도 합니다. 그러므로 일을 마무
리 짓도록 연구해 보심이 어떻겠습니까"라고 한 것이다. 교동
대신으로 추정되는 인물은 김좌근이다. 그는 세도정치의 중심
인물로, 영의정을 세 번이나 역임했으며 안동김씨 가문의 주요
인사였다.

　익히 알려진 바와 같이 초의는 1830년경부터 김조순 및 그의
아들 김유근金逌根(1785~1840)과 교유했고, 이들은 추사와도 막
역한 사이였다. 그러므로 우기의 생각으론 초의가 이러한 사중
의 어려움을 해결할 수 있는 인맥을 가졌다고 생각했을 것이다.
우기가 부탁했던 일이 어떻게 수습되었는지는 알 수 없지만, 당

우기가 머물렀을 것으로 추정되는 서울 안암동 대원암

시 대흥사에서 초의의 입지가 어떤지를 간접적으로 살펴볼 수
있다.

　그렇다면 우기는 어떤 인물이며 대흥사와 어떤 연관이 있었
던 것일까. 그의 생몰연대를 추정할 만한 자료는 발굴되지 않았
다. 다만 우기는 대흥사 승려로, 법호는 지봉智峯이며 경기도 양
주에서 출생했다고 알려져 있다. 삼각산 도선사道詵寺로 출가하
여 인파仁坡의 제자가 되었고, 효인孝仁의 법통을 계승하였다.
표충사表忠寺와 적멸궁寂滅宮의 총섭을 역임하였다. 표충사를
중수한 공로로 전라도 관찰사로부터 도감동차첩都監董差帖을
받았다. 이후 1845년 안암산安岩山 기슭의 개운사開運寺에 대원
암大圓庵을 창건하였다. 절에서 지낼 때 물지게를 지고 다니면

서 목마른 사람들에게 물 보시를 하였다. 어느 날 흥선대원군이
그 물을 얻어 마시고 참서직參書職을 주었으나 사람들이 알아주
지 않았다. 얼마 뒤 흥선대원군이 다시 물을 얻어 마시고 판서
직을 내린 이후 그를 지봉판서智峯判書라 불렀다고 한다. 제자로
는 운구雲句가 있으며, 우기가 표충사 총섭을 역임했고 〈도감동
차첩都監董差帖〉을 받았

다는 사실에서 대흥사와
관련이 있는 인물이라는
것을 확인할 뿐이다.

한편, 그가 머물던 대
원암은 원래 무학대사
가 안암산 기슭에 세
운 영도사永導寺와 관
련이 있다. 1779년 홍
빈洪嬪의 묘 명인원明仁
園이 절 옆에 들어서자,
인파仁坡가 동쪽으로 2
마장쯤 되는 곳으로 절
을 옮겨 개운사라 하였
고, 1845년 우기가 대

흥선대원군 초상

원암을 창건했다고 전해진다. 개원사에 근대의 고승 정호鼎鎬가 불교전문강원을 개설하여 불교계 지도자를 길러냈으며 후일 중앙승가대학교中央僧伽大學校라 하였다.

　우기가 1860년 7월 초의에게 보낸 편지에는 내전에 동백기름을 진상하라는 내용이 보인다. 지금도 대흥사 동구엔 동백나무 군락이 자생하고 있는데 이는 조선후기에도 군락을 이뤘던 동백나무일 것이다. 그러므로 대흥사에서 동백기름을 진상했으며, 운곡이 진상용 동백기름을 관리한 듯하다. 또 다른 우기 편지의 크기는 30.5×47.1cm이며 겉봉엔 "한양 대원암 소승 우기가 삼가 문안하는 편지"라고 하였다.

　　삼가 엎드려 생각하건대 장마가 물러가고 서늘해졌습니다. 큰 스님께서 근심이 적어 맑으시다고 하니 멀리에서 위로됨을 이루 다할 수 없습니다. 소승은 최근 숙병으로 편안한 날이 얼마 되지 않아 민망하고 민망합니다. 다만 삼가 아룁니다만 이건移 建하는 일을 관리하는 것은 다행히 공명첩이 200장이 내려온다고 하더라도 매우 적은 것이니 한이 됩니다. 다른 지방에서 설계한 것을 따라 조심스럽게 계획했는데 일이 이처럼 되었습니다. 내년 봄에 완성하도록 계획할 수 있고, 즉 올해 가을에 여러 가지 들어갈 물건 종류를 미리 갖추어야 완성할 수 있으니

우기가 7월에 보낸 편지

임시로 군속窘速한 마음을 면할 수 있습니다. 바라건대 해당 처에 알리시고 본사에서 진상할 동백기름은 운곡雲谷 사주와 상의한 이후에 자진하여 내전에 진상할 뜻이 잘 성사되시길 삼가 계획하니 이로써 통촉洞燭하십시오. 운곡 사주가 설령 예전에 한양으로 진상하는 것은 노고가 매우 심하다고 말하더라도 지금 본영에 내려가는 것은 내려진 첩을 살펴 내려보냈기 때문에 아직 내려가지 않은 것도 이것으로써 다시 살펴보심이 어떨지요. 나머지 여러 가지는 다른 날 말씀드리겠습니다. 이만 줄입니다. 1860년 7월 10일 소승 우기 삼가 올립니다.

謹伏惟 潦退凉生 大法體度 少惱清凉 遠慰溯區區不任之至 小僧近

대흥사의 동백나무숲

以宿痾 寧日無多 伏悶伏悶 第恐白 所管移建事 幸爲空名帖二百張
到下 可恨尠少 從設他方伏計 而事旣如是 來春成造可計 則今秋成
造所入許多物種預備 以免臨時窘速之意 仰告知委於該掌處 而本寺
所納進上栢油段 與雲谷師主相議 自後自納內殿之意 成事伏計 以此
洞燭 雲谷師主 雖云京中勞苦極多 今方下去本營 以察下去帖事故
姑未下去 以此亦燭如何 餘萬都付日後奉話時 姑不備 伏惟 庚申
七月 初十日 小僧 祐祈 謹拜上

이 편지에 따르면, 대흥사의 보수를 위해 공명첩이 내려왔다. 우기는 "이건 移建하는 일을 관리하는 것은 다행히 공명첩이 200장이 내려온다 하더라도 매우 적은 것이니 한이 됩니다. 다른 지방에서 설계한 것을 따라 조심스럽게 계획했는데 일이 이처럼 되었습니다"라고 하였다. 아마 대흥사에 내려온 공명첩은 사찰을 중수하기 위한 비용으로 받은 공명첩일 것이다. 공명첩이란 일종의 백지 임명장이다. 임란 중에 생긴 제도인데 군공을 세운 사람이나 납속 納粟(흉년이나 전란 때에 국가에 곡식을 바침)한 사람들에게 그 대가로 준 임명장이었다. 공명첩의 종류로는 관직이나 관작의 임명장인 공명고신첩 空名告身帖, 양역 良役의 면제를 인정하는 공명면역첩 空名免役帖, 천인의 천역을 면제하고 양인 지위를 인정하는 공명면천첩 空名免賤帖, 향리의 역을 면제해 주는 공명면향첩 空名免鄕帖 등이 있다. 이후 국가의 재정이나 군량이 부족할 때나 진휼 賑恤(흉년으로 곤궁에 처한 백성을 도와 줌)을 위해 공명첩을 발급하기도 하였다. 또 사찰을 중수하는 비용을 얻기 위해서도 공명첩을 남발하였는데 관리 소홀로 위조나 남수 濫授(법에 지나치게 벗어나서 남발하는 일)하는 등 폐단이 컸다.

한편 우기의 편지에 "본사에서 진상할 동백기름은 운곡사주와 상의한 이후에 자진하여 내전에 진상할 뜻이 잘 성사되시길 삼가 계획하니 이로써 통촉 洞燭하십시오"라고 했다. 대흥사는 동백기름의 진상을 독촉받았다. 그러나 대흥사가 바쳐야 할 동

"큰스님께서 근심이 적어 맑으시다고 하니 멀리 위로됨을 이루 다할 수 없습니다."

백기름의 양이 너무 과중하여 우기는 "운곡雲谷 사주가 설령 예전에 한양으로 진상하는 것은 노고가 매우 심하다고 말하더라도 지금 본영에 내려가는 것은 이미 내려진 첩을 살펴 내려보냈기 때문에 아직 내려가지 않은 것도 이것으로써 다시 살펴보심이 어떨지요"라고 제안했다. 대흥사에서는 진상 물량을 조정하기 위해 부단하게 노력했지만, 공납의 양을 줄일 수 없었던 상황이었던 것으로 보인다.

초의가 기록해 둔 『다비계안茶毘契案』에 따르면, 우기가 언급한 운곡雲谷 사주의 법명은 의준宜俊이다. 그의 생몰연대는 기록되어 있지 않다. 다만 이 편지에서 동백기름의 공납이라는 그의 역할을 확인할 수 있을 뿐이다. 우기의 편지는 대흥사에 부과된 동백기름의 양이 너무 과다하여 그 폐해가 얼마나 컸던가를 살필 수 있는 자료인 셈이다.

10

설두 봉기가
초의에게 보낸 편지

조선후기 승려 설두봉기雪竇奉琪(1824~1889)는 백파긍선白坡亘璇 (1767~1852)의 제자이다. 봉기는 초의와 백파의 선리禪理 논쟁에 참여하여 『선원소류禪源遡流』를 지었다. 이는 스승 백파의 『선문 수경』을 비판한 초의와 홍기 등의 주장을 반박하고 백파의 선 리를 옹호한 것이다. 봉기는 초의의 선리禪理 입장을 강력하게 비판했으면서도, 1845년 8월 21일 초의에게 정중한 문안편지와 부채를 보낸다.

편지 크기는 25.1×39.5cm로, 행서체로 썼는데, 아쉽게도 편 지 겉봉은 없어졌으며, 진한 먹을 사용했다는 점이 눈에 띈다. 또 훼손 방지나 보관을 위해 편지에 기름을 발랐던 흔적과 제법 두꺼운 한지를 사용했다는 특징을 보인다. 봉기는 편지와 함께 부채를 보내면서 부채를 납월선자臘月扇子라 칭했다. 납월은 12

월이다. 아마 무더운 여름을 지낼 초의를 위해 납월(12월)의 차디찬 바람을 선사하고자 한 것이 아닐까. 비록 치열한 논쟁을 벌였던 사이일지라도 논쟁은 논쟁으로 끝내고 서로를 아끼는 마음을 드러낸 셈이다.

수행자의 넉넉함을 보인 설두! 과연 그는 어떤 승려였을까. 그의 생애를 살펴보면, 설두는 그의 자字이다. 초명初名은 봉기奉琪, 유형有炯이라는 호號를 썼다. 전라도 옥과현玉果縣(지금의 전라남도 곡성) 출신으로, 유년기에 서숙書塾에서 유가서儒家書를 배웠고, 19살 되던 해에 백암산 지장암地藏庵에서 쾌일快逸을 은사로 득도하였다. 도암道巖을 계사戒師로 삼았고 조계산 한성 강백翰醒講伯에게 『화엄경』을 배웠다. 한성에게 구족계를 받은 뒤 여러 대덕을 찾아 교학을 문답하였다. 이후 백파에게 나아가 『화엄경』을 배웠으며, 28세에 백파의 강석講席을 이어받아 화엄 강주가 되어 20여 년 동안 학인을 가르쳤다고 전한다. 1870년 고향으로 돌아가 빈 터로 남아 있던 불갑사佛岬寺를 중창하였다. 양주 천마산에서 『선문염송禪門拈頌』 강회講會를 베풀었고, 1889년경 『선원소류禪源溯流』와 『염송회편拈頌會編』은 여기에서 썼다. 같은 해 구암사로 돌아와 입적했다. 그의 제자로는 처명處明(1858~1903), 호정鎬政, 만익萬益 등이 있다. 설두는 서관瑞寬, 태선太先과 함께 화엄의 삼대 강백으로 손꼽힌다. 저술로는 『선원소류』와 『설두시집』을 남겼다. 따라서 그는 백파의 선리를 이었고 화엄학의 근기를 이어받았던 조선후기 대표적인 승려라 하겠다.

그는 선리의 문제를 초의와 다른 시각으로 보았기 때문에 백파의 주장을 옹호하면서 초의를 비판했다. 편지에 따르면 설두와 초의는 오래 인연을 이어갔던 것으로 보인다. 그가 초의에게 보낸 편지를 살펴보자.

오랫동안 소식이 끊어져 슬픔이 큽니다. 이때 삼가 살피지 못했습니다만 가을 일이 점차 긴박해져 갑니다. 사주의 문후는 연일 만강하신지요. 향하는 마음이 구구하여 마음을 가누지 못하겠습니다. 소승은 겨우 의지하고 있습니다만 가난한 암자에는 불행하게도 갑자기 명진사주明眞師主의 상을 입어 일이 많고 분주합니다. 민망함을 어찌합니까. 봄 제사에 나아가 문후를 살피고자 하여 이로써 편지에 가득 정회情懷를 늘어놓습니다. 공교롭게 사주師主께서 다른 곳에 출타하게 되시면 다만 시자侍子의 편지를 얻어도 조금이나마 멀리 있는 사람의 정회에 위안이 될 것이니 기대에 어긋나지는 않겠지요. 여기에 다시 정의情意를 말씀드리니 회답하여 주심이 어떻겠습니까. 나머지는 이만 줄입니다. 1845년 8월 21일 소승 설두 봉기 배상

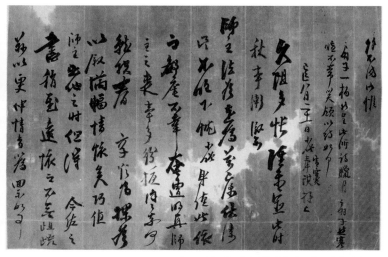

두꺼운 재질의 한지에 써보낸 봉기의 편지

부채 하나를 삼가 올리니 이는 납월선자라고 합니다. 그러나 날
씨가 고르지 않습니다. 웃으며 받기를 기다립니다. 어떨지요.

久阻多悵 謹未審此時秋事漸緊 師主法候 連爲萬康 伏傃區區 不任

下忱 小僧 身僅姑依 而鄙庵不幸 奄遭明眞師主之喪 事多紛擾 悶悶

奈何 就控春享欲爲探候 以叙滿幅情懷矣 巧値師主出他之時 但得令

佐之書 稍慰遠懷 而不無齟齬 玆以更伸情旨 以爲回示 如何 餘不備

伏惟

　己巳 八月 二十一日 小僧 雪寶 奉琪 拜上

扇子一柄伏呈 此所謂臘月扇子 然寒暄不常 笑領以待 如何

이 편지를 쓴 1845년은 그가 지장암에서 쾌일快逸을 은사로 출가해 그의 문하에 있었을 시기이다. 백파는 편양언기의 문손門孫이고 설두 또한 편양 문손이다. 따라서 초의와 백파, 그리고 설두 또한 모두 편양의 문손인 셈이다. 그러므로 이들의 내왕이 그리 낯선 일은 아니다. 특히 설두가 초의를 사주師主라고 표현한 점에서도 이런 문파의 인연 관계를 추정할 수 있다. 설두가 "오랫동안 소식이 끊어져 슬픔이 큽니다"라고 한 점이나 "삼가 살피지 못했습니다만 가을 일이 점차 긴박해져 갑니다"라고 한 말에서도 이들의 교류 관계가 여실히 드러난다.

한편 그가 "가을일이 점차 긴박해져 갑니다"라고 한 내용이 무슨 일인지는 알 수 없다. 다만 "가난한 암자에는 불행하게도 갑자기 명진사주明眞師主의 상을 입어 일이 많고 분주합니다"라고 한 내용에서 당시의 긴박한 사정을 추정할 뿐이다. 지장암의 경제적인 상황도 매우 어려웠던 듯하다. 그가 머물던 절뿐 아니라 조선후기에는 사찰의 경제적인 어려움이 컸다. 그러므로 이를 해소하기 위해 등촉계燈燭契, 창호계窓戶契 등을 구성하여 보사補寺하였다. 경제적으로나 하위의 신분으로 전락했던 승려들이 사찰을 유지하기 위한 대안적인 성격의 보사 제도는 불심佛心이 충만했던 시대의 소산안 셈이다.

특히 그가 초의에게 편지를 보낸 연유는 "봄 제사에 나아가

조선후기 표충사에서 거행되는 봄 제사와 가을 제사는 대흥사의 주요 행사에 속했다.
표충사 어서각

문후를 살피고자 하여 이로써 편지에 가득 정회情懷를 늘어놓습니다"라는 것이다. 그가 언급한 봄 제사는 임진왜란에 혁혁한 공을 세웠던 서산휴정西山休靜과 사명당유정泗溟堂惟政, 뇌묵당처영雷默堂處英의 충의를 추모하기 위한 제사이다. 조선후기 표충사에서 거행되는 봄 제사春享와 가을 제사秋享는 대흥사의 중요 행사였다. 표충사는 정조 12년(1788)에 서산과 사명당, 뇌묵당을 기리기 위해 건립되었다. 표충사는 임금의 친필이 하사된 사액 사당이다. 설두는 봄 제사에 참여하면서 초의를 만나고자 한 것이다. 그의 간절한 바람이 성사되었는지는 알 수 없지만 정중한 언사로 초의의 안위를 걱정했던 설두의 인품이 행간에 묻어난다.

또 다른 설두의 편지를 살펴보자. 이는 1869년에 준 대사에게 보낸 안부 편지이다. 준 대사가 누구인지는 분명하지 않지만,

이 편지를 통해 1869년경 설두의 근황을 살필 수 있다. 편지의 크기는 23.4×39.5cm이며 겉봉도 완전하다.

작년 가을 편지를 보냈지만, 답장이 없습니다. (스님의) 소식이 없음을 책망하는 줄을 모르는 건 아니겠지요. 산과 물이 높고 넓어서 소식을 전하기 어렵다는 정황은 사실일 듯합니다. 그러나 환하게 등잔의 심지를 돋우면 중앙이 밝으니 이것을 어찌 산수가 막고 끊을 수 있겠습니까. 소식을 듣지 못한 채 해가 바뀌었고, 달도 북두北斗의 자루가 인시寅時에서 묘시卯時로 돌아갔습니다. 묘시에는 모든 맛이 달고 뿌리와 줄기도 다 달게 되는 경지에 이릅니다. 은로隱老의 문후는 한결같이 청후하시길 빕니다. 아울러 그리운 마음이 지극하고 간절함을 어찌할지 모르겠습니다. 저(門末)는 정신과 힘이 날로 더욱더 떨어져서 마음공부는 초심의 약속을 저버렸으니 스스로 민망해짐을 어찌해야 합니까. 다만 제가 맡은 일을 잡고 있을 뿐입니다. 귀 산문의 여러 분들이 매우 저를 기다리시니 제가 부덕하여 실로 그 자리에 있는 것이 부끄럽습니다. 또한 자산을 탕패하고도 남음이 있으니 그 일을 감당하기 어렵거늘, 이런 말을 누구에게 말하겠습니까. 그대는 응당 알아야 할 것입니다. 향香 한 봉지와 두루마리 종이 한 축을 보냅니다. 향은 즉 삼가 은사에게 올리는 것이고 다

"산과 물이 높고 넓어서 소식을 전하기 어렵다는 정황은 사실일 듯합니다.
그러나 환하게 등잔의 심지를 돋우면 중앙이 밝으니
이것을 어찌 산수가 막고 끊을 수 있겠습니까."

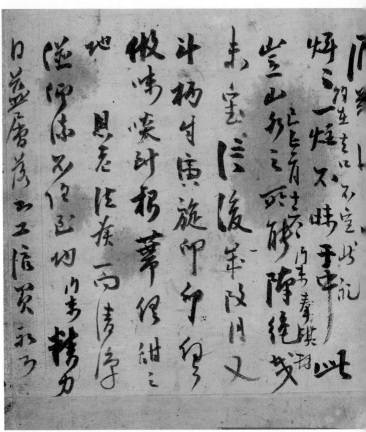

1869년 설두가 쓴 편지

른 물건은 변변치는 못한 것이지만 마음에서 나온 것입니다. 나
머지는 입을 떼지 않겠습니다. 예의를 다 들어내지 못했습니다.

1869년 2월 16일 문말 봉기 재배하고 올립니다.

昨秋有書無答 非不知責其無信 山水高濶 魚鴈難通 勢實然矣 而料

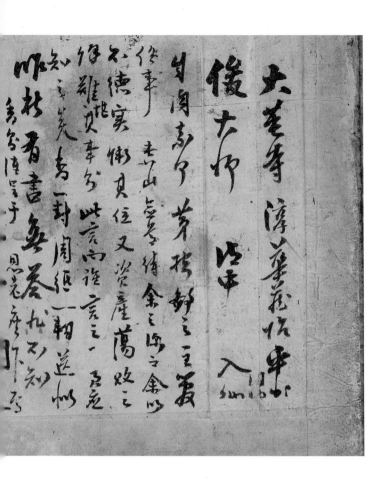

炷一炷 不昧于中 此豈山水之所能隔絕哉 未審信後歲改 月又斗柄

自寅旋卯 卯俱做昧唅到 根蔕俱愜之地 恩老法候 一向淸淳 併仰傃

不任至切 門末 精力日益層落 心工浪負初心 自悶奈何 第控鄙之主

管任事 貴山僉尊 待余之深 而余以不德 實慚其位 又資産蕩敗之餘

難堪其事 則此言向誰言之 君應知之矣 香一封 周紙一軸送似 香則
謹呈于恩老座下焉 物惟菲薄 出於情感耳 餘在去口 不宣狀禮
己巳 二月 十六日 門末 奉琪 拜

그의 편지에 "소식을 듣지 못한 채 해가 바뀌었고, 달은 또 북
두北斗의 자루가 인시寅時에서 묘시卯時로 돌아갔습니다. 묘시
에는 모든 맛이 달고 뿌리와 줄기도 다 달게 되는 경지에 이릅
니다"라 하였다. 인시寅時는 오전午前 3시부터 5시까지이며, 묘
시卯時는 오전 5시부터 7시까지를 말한다.

조선후기 백파긍선 스님이 1845년 덕이본 『단경』을 바탕으로
주석한 『육조대사법보단경요해』

새벽에 일어나 참선의 일경에 들었던 그는 맛이 변화하는 시간의 흐름 속에서 새벽 참선의 묘미를 맛본 걸일까. 그런 경지를 증득한 인물이기에 늙은 설두를 준 대사 문중에서 부른 듯하다. 하지만 그는 "제가 부덕하여 실로 그 자리에 있는 것이 부끄럽습니다"라고 사양하는 대목이 눈에 띈다. 준 대사에게 "향 한 봉지와 두루마리 종이 한 축을 보냅니다. 향은 즉 삼가 은사에게 올리는 것이고 다른 물건은 변변치는 못한 것이지만 마음에서 나온 것입니다"라고 하고 있다.

당시 수행자들의 봉물奉物은 향과 종이가 주류였던가 보다. 마음에서 우러나 준 대사에게 향과 종이를 보낸 것이다. 그가 초의에게 보낸 편지와 준 대사에게 보낸 편지에서 느끼는 정회情懷는 겸손과 따뜻함이었다.

11
'산인'이라 불린 이들의 편지

초의에게 보낸 편지 중에는 발신인의 이름이 생략된 경우도 종종 발견된다. 하지만 이런 편지들에도 다양한 정보가 들어 있기에 발신자의 이름이 생략된 2통의 편지를 소개하고자 한다.

먼저 소개하려는 편지에는 발신자가 누구인지를 알 수 있는 정보가 없는 것은 아니다. 발신자가 처한 정황이나 글씨체에는 편지를 보낸 사람이 누구인지를 추정할 정보가 숨어 있다. 간단하게는 편지 끝부분의 내용으로 보낸 이를 추정할 수 있다. 이 편지의 말미에 산인추서山人追書(산에 사는 사람이 이어 쓴다)고 적었다. 당시 초의는 산인山人이 누구인지를 알았을 것이다. 그러나 지금 이 편지의 발신자가 누구인지를 알아내기란 그리 쉬운 일은 아니다. 과거와 현재의 간극은 이처럼 멀지만, 이런 실마리를 풀어가는 것이 또한 연구의 묘미이다.

산인이란 어떤 의미이며 이렇게 자신을 표현했던 인물은 누구일까. 대개 산인은 산림에 머물며 학문에 정진하는 사람을 지칭하고, 승려라는 의미로도 쓴다. 그러나 편지의 내용으로 보아 승려는 아닌 듯하다. 따라서 초의 뿐 아니라 허련許鍊과도 깊이 교유했던 인물 중, 자신을 산인이라 부른 사람은 추사나 추사와 관련이 있는 인물이라 짐작된다.

이 편지는 크기가 22.9×22.3cm이다. 10월 4일에 보낸 편지로, 활달한 행서체이다. 이 편지를 쓴 인물은 유학자로 학문적인 식견이 높은 것으로 추정되며, 서체나 글 쓰는 수준에서 이미 문향文香을 느낄 수 있다. 편지의 내용은 아래와 같다.

소치(허련) 군이 오월에 보낸 편지로 인해 노사의 편안한 근황을 알게 되어 매우 위로가 되었습니다. 요즘엔 봄 날씨가 마땅하지 않은데 스님은 또 어떠하신지요. 멀리에서 자주 소식을 들을 수 없으니 얼마나 서글픕니까. 나의 병든 마음은 차泉性로 인해 자못 상쾌해져 조금 편안해졌습니다. 안개와 연무, 돌 위로 흐르는 샘, 소나무, 대, 국화는 병을 치료하고 배고픔을 달래주지 않음이 없으니 겨우 세상을 뛰어 넘을 생각이 일어나며 또한 만족하고 기쁠 뿐이니 노사는 아시는지 모르시는지요. 다만 이웃 절에 스님이 머물 방을 얻을 수 있어서 또한 기쁠 따름입니다. 다

'산인'이라 불렸던 이가 쓴 편지

시 어떻게 올 수 있습니까. 약간의 승려 중에 상종하는 이들은 그 말이 고아하고, 고상하지 않음과 아취雅趣가 있고 없음은 또한 의심할 필요가 없습니다. 고상함도 좋고, 고상하지 않음도 좋으며, 아취도 아름답고 아취가 없는 것도 아름답습니다. 내가 있는 곳에서 들으니 자연의 소리가 아닌 것이 없어서 부처의 향기 또한 기쁩니다. 이런 기쁨을 또한 노사도 아시는지 모르시는지요. 소치 군에게 세상의 고통으로 감당하지 못할 것이 있다고 하니 가련합니다. 스스로 만든 고통일 뿐이니 누가 해결할 수 있겠습니까. 노사는 어찌 해탈묘법으로서 깨우쳐주지 않으십니까. 자신은 금침金針이 있고 감로 같은 차를 가졌지만 결국은 아까워서 베풀지 못하는 것입니까. 이 편지는 봄 사이에 해海스님

이 말하지 않고 떠나서 오히려 문서만 남아 있었고 편지 겉봉을
또 아이들이 찢어버렸습니다. 이 편지를 함께 보내지만 어느 때
쓴 것인지 모르겠습니다.「원각경」일부는 반드시 보내주시면
어떨지요. 10월 4일 산인이 추서하다.

卽因癡君五月之書 以認老師安況 甚慰甚慰 近來春候 頗非所宜 瓶
鉢亦復何如耶 遠未可頻聞 何等悵耿 俗人病情 因泉性頗愜 得以少
安 煙霞泉石 松竹楓菊 無非治病療飢 儘有出世想 亦足喜耳 老師知
之否耶 但隣寺若得師置之斯間 又可喜已 復何能致也 頗有若干緇徒
相從 其語言之雅不雅 趣不趣 亦不必多較 雅亦好 不雅亦好 趣亦佳
不趣亦佳 在我聞之 無非天籟 佛香且喜 喜亦老師知之否耶 癡君以
世況之苦 有不堪者云 可悶 特渠自苦矣 誰能解也 老師何不以解脫

妙法喻之 自有金針 自有甘露 而竟慳而不爲之施歟 此槭書 春間海

闍梨不告而去 尙留案牘 而皮封亦爲僮輩所剝去 并玆槭去 而亦未

知何時登照也 圓覺一部 必須得惠之 如何

十月 四日 山人 追書

어느 해 10월 4일 초의에게 보낸 이 편지는 "소치(허련) 군에
게 세상의 고통을 감당하지 못할 것이 있다고 하니 가련합니다.
스스로 만든 고통일 뿐이니 누가 해결할 수 있겠습니까"라고
하여 소치小癡의 어려운 상황을 상세하게 전하고 있다. 아울러
소치의 어려움을 해결할 수 있는 비책으로 차를 언급하며, "노
사는 어찌 해탈묘법으로서 깨우쳐주지 않으십니까. 자신(초의)은
금침金針이 있고 감로 같은 차를 가졌지만 결국은 아까워서 베
풀지 못하는 것입니까"라고 하였다.

그렇다면 실제 소치에게 닥친 어려웠던 일이란 무엇일까. 그
대강을 살펴보니 1850년 12월 3일 허련의 아우 허종許鍾이 초
의에게 보낸 편지에 "늙으신 어버이의 병까지 더해져 조카의
통곡을 눌러 막아도 그치질 않습니다. 또 사또의 도에서 보낸
관지關旨까지 도착하여 동생 형제가 한바탕 옥에 갇혔으니 무
슨 운수가 이런 지경까지 이르게 된 것일까요"라고 한 내용이
보인다. 1850년경에 소치는 한양 생활을 접고 진도로 낙향하였

다. 이 무렵 소치는 어버이의 병환과 동생들이 옥에 갇혔던 사건으로 어려움을 겪었다. 더구나 다음 해인 1851년경엔 추사도 북청으로 유배를 떠났으니 소치의 고난이 더욱 가중된 시점이라 하겠다.

이 편지가 작성된 시점을 확정하기는 어렵지만 소치와 연관해 생각해보면, 약 1850년경으로 추측된다. 또 산인은 "이 편지는 봄 사이에 해海스님이 말하지 않고 떠나서 오히려 문서만 남아 있었고 편지 겉봉을 또 아이들이 찢어버렸습니다. 이 편지를 함께 보내지만 어느 때 쓴 것인지 모르겠습니다"라고 했다.

한편 초의에게 편지를 보낸 산인은 불교에 대한 이해가 깊은 인물로 추정된다. 이는 "「원각경」 일부는 반드시 보내주시면 어떨지요"라고 말했기 때문이다. 따라서 추사가 불교에 조예가 깊었다는 점에서 추사 또는 추사와 관련이 있는 인물이라 추측한 것이다.

이어서 소개할 편지도 작자 미상이다. 이 편지는 1851년 8월에 초의에게 보낸 것인데 담계覃溪 옹방강翁方綱(1733~1818)의 영정影幀과 소집小集을 빌려달라는 내용이 보인다.

이 편지의 크기는 22.2×42.0cm이며, 상세한 내용은 다음과 같다.

잠시 이별했는데, 갑자기 가을이 깊어져 그리움이 더욱 간절합

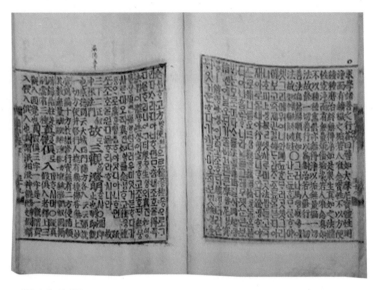

「원각경」 언해본

니다. 사신을 그만두었으니 다시 제수되기는 어렵습니다. 소치를 빙자하여 한번 가려고 했지만 작은 일에 매여서 오히려 미루어졌습니다. 근래에 또 집에 여러 가지 근심이 있어서 결단을 내리지 못하다가 문안의 편지도 늦어진 것은 또한 이런 연유 때문입니다. 스님은 요즘 더욱 길하고 좋으시겠지요. 그리움이 더욱 배가 됩니다. 또 순부巡部(감사가 관할내의 고을을 순회하는 일)가 본사(대둔사)에 머문다고 들었습니다. 그 대접하는 바가 장애가 많으리라 생각됩니다. 다시 한번 생각해보니 속인의 폐국은 잡다하여 무시로 풀어야 하니 정말 민망합니다. 현재 상황으론 또

소치 허련의 〈설옹관(雪擁關)〉

작자 미상자가 1851년 써보낸 편지

갚을 수도 없습니다. 고시古詩 삼수三首는 일찍이 지었던 것인데 지금에야 겨우 기록해 보내니 보시고 또 교정을 부탁합니다. 본사에 담계영정覃溪影幀과 소집小集이 있다고 들었습니다. 주지와 상의하여 한번 빌려볼 수 있다면 매우 다행이겠습니다. 대껍질을 보내니 만들 수 있으면 만드시고 어려우면 버려두셔도 무방합니다. 향유 2승, 감곽 두 속을 부칩니다. 나머지는 소치 편에 남겨두겠습니다. 이만.

1851년 8월 22일 속인 늑명

서화 중에 만일 빌려볼 수 있는 것이 있다면 조심하여 보고, 곧 술단지를 보내겠습니다.

暫奉旋別 遽爾秋深 懷想益切 襯使又難拜 憑小痴間欲一造 而緣於

細務 尙爾延拖 近又在家多累 未果此一書之稽探 亦由是矣 鉼錫近

益吉祥 溯念尤倍 且聞巡部嘗宿本寺云 其所接應 想多掣碍也 亦爲

一念 俗人弊局羶擾無時解脫 良悶良悶 現狀亦無可報也已 三首古詩

曾已搆置 今才錄去 覽亦劘正也 本寺聞有覃溪影本與小集云 與住

持相議 借一覽之 則甚幸甚幸 竹皮亦送去 可造則造之 難則置之 亦

無妨耳 香油貳升 甘藿貳束 付去耳 餘留痴便 不式

八月 卄二日 俗人 泐名

書畫中 如有可借示者 當精覽卽瓻也

　발신자는 초의에게 "고시古詩 삼수三首는 일찍이 지었던 것인
데 지금에야 겨우 기록해 보내니 보시고 또 교정을 부탁합니다"
라고 하였다. 옹방강을 흠모해서 영정과 문집을 빌려달라는 내
용도 들어 있다.

　알려진 바와 같이 옹방강은 청대에 고증학과 금석학에 밝았
던 학자로, 추사에게 큰 영향을 주었다. 이 편지에는 조선후기
고증학에 관심을 가진 사람들이 옹방강을 흠모했던 사실을 보
여준다. 또한 대흥사에 옹방강과 관련된 도서들이 소장되고 있
다는 정황도 확인할 수 있다.

　마지막으로 이 편지는 유학자와 불교 승려 간의 단단한 교유
를 살펴볼 수 있는 자료이기도 하다.

발신자는 대흥사에 순부의 관리들이 머물게 되어 절의 부담을 걱정했으니 초의에 대한 교유의 정이 깊었던 유학자이며 소치와도 관련이 있었던 인물일 것이다.

성윤과 성유의 편지

긴 세월 동안 편지는 사람과 사람 사이를 이어주는 소통의 수단
이었다. 그러나 현대인에게 있어 편지란 이미 소통 수단으로서
의 의미를 잃은 지 오래다. 매우 특별한 경우를 제외하곤 편지
를 쓰는 일이 드물기 때문이다. 그러므로 현재인에게 편지는 사
라져가는 소통 수단이 되었다. 무엇보다 핸드폰이 일반화되면
서 손편지의 의미가 더욱 희미해져 가는 상황도 아쉬움이 남는
다. 이러한 상황에서 옛 사람들이 주고받았던 편지는 따뜻한 정
서를 일깨워준다. 특히 이들이 마음을 다해 쓴 손글씨를 읽고
있노라면 당시에 느꼈을 그들의 마음이 그대로 전해지는 듯하
다. 성윤聖閏과 성유性惟가 초의에게 보낸 편지도 그렇다.

먼저 소개할 편지는 성윤의 편지로, 1856년 5월에 보낸 문안
편지이다. 크기는 29.2×41.5cm이며 겉봉엔 "영각 상원 소승 성

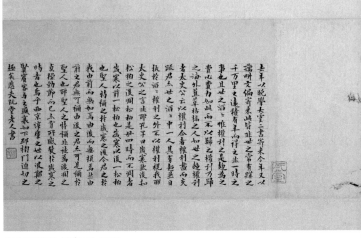

추사 김정희의 〈세한도(歲寒圖)〉

윤이 삼가 올립니다(影閣 上院 小僧 聖閏 謹上狀), 초의사주草衣師主
대법좌하大法座下 입납入納"이라고 썼다. 편지 겉봉의 내용에서
성윤이 영각 상원에서 편지를 보냈다는 것을 알 수 있다. 영각
상원에서 수행했고 초의를 사주라 칭한 것으로 미루어 보아 성
윤은 아마 대흥사 승려였을 것이다. 또 초의에게 차를 보낸다는
말에서 성윤이 차에 익숙했던 인물이라는 점을 알 수 있다. 간
곡하게 초의의 안부를 물었던 편지의 내용은 무엇일까.

문안을 드리지 못하고 소식이 끊긴 사이, 빠르게 세월이 이미

지났습니다만 뵙고 싶은 마음 어찌 다하겠습니까? 삼가 더위
에 법리도체를 살피지 못했습니다. 편안하신지요. 사모함이 구
구하며 이 간절한 마음을 이루 다할 수 없습니다. 소승은 옛날
처럼 죽을 쑤어 먹는 승려 처지이므로, 한갓 땔나무와 물만 허
비할 뿐입니다. 민망함을 어찌 다할까요. 아뢸 것은 춘추향제가
이리저리 돌아 제 차례가 되었습니다. 많은 특별한 은혜를 입고
돌아와 깨어 있을 때나 잘 때도 마치 묶여 있는 듯하여 더욱 흉
중이 가득 찬 듯합니다. 일에 정성이 드러나지 않는다면 한갓
헛되고 거칠어질 뿐입니다. 민망함이 더합니다. 나머지는 이만

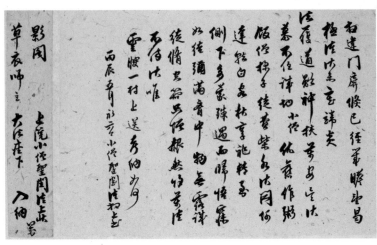

성윤이 마음을 전하듯 써보낸 편지

줄입니다. 운유雲腴 한 봉지를 상봉하오니 받으심이 어떨지요.
1856년 5월 6일 소승 성윤 올립니다.

拜違門屏 倏已經歲 瞻望曷極 謹伏未審端炎 法履道體 神扶萬安 區
區伏慕 不任誠切 小僧依舊作粥 飯僧樣子 徒費柴水 伏悶何達 就白
客秋享祀 轉到側下 多蒙殊遇而歸 悟寐如結

彌滿胸中 物無露誠 徒脩空簡 只增赧然 餘萬謹不備 伏唯雲腴一封

上送 考納如何 丙辰 五月 初六日 小僧 聖閏 謹拜上書

추사가 해붕대사의 〈화상 찬〉을 쓴 해는 병진丙辰년(1856) 5월
인데, 다섯 달 후인 1856년 10월 10일에 세상을 떠났다. 성윤이

"운유(雲腴)를 한 봉지 상봉하오니 받으심이 어떨지요."

초의에게 편지를 보낸 것은 초여름 무렵이다. 그래서 그가 "더위에 법리도체를 살피지 못했습니다. 편안하신지요"라고 말하며 자신의 처지를 "소승은 옛날처럼 죽을 쑤어 먹는 승려 처지이므로 한갓 땔나무와 물만 허비할 뿐입니다. 민망함을 어찌 다 할까요"라고 하였다. 이와 함께 성윤은 대흥사에서 지내는 춘추 향제를 자신이 주관하게 되었다는 소식도 전했다. 그는 편지와 함께 "운유雲腴를 한 봉지를 상봉하오니 받으심이 어떨지요"라고 한 것이 눈에 띈다. 운유雲腴는 좋은 차의 별칭別稱으로 단차 團茶를 뜻한다. 초의도 「동다송」에서 이를 언급한 바 있다.

　운유가 얼마나 좋은 차였는지 당나라 사람 피일휴皮日休

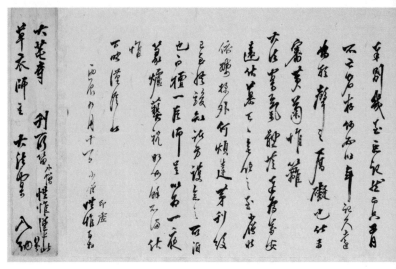

성유가 1856년 써보낸 편지

(838~883 혹은 834~883)는 〈봉화로망사명산구제청령자奉和魯望四明
山九題青欞子〉에서 "맛은 아름답고 풍요로운 듯하고 모양은 둥근
옥뢰와 같다(味似云腴美 形如玉腦圓)"라고 칭송했다. 송나라 황유
黃儒도 「품다요록서品茶要錄敍」에서 "가령 육우가 다시 일어나
금병(좋은 차)을 본다면 맛은 그 운유라 하고 그 맛의 상쾌함에
말을 잊을 것이다(借使陸羽復起 閱其金餅 味其云腴 當爽然自失矣)"라
고 하였다. 그 뿐만 아니라 명대 가중명賈仲名도 「금안수金安壽」
에서 "손톱으로 금 같은 차싹을 쪼개 은사銀絲를 발라낸 듯하
다. 차를 달이면 풍요롭다고 하였다(瓜分金子 膾切銀絲 茶煮云腴)"
고 전했다. 따라서 잎차를 즐겼던 명대에도 가장 좋은 차를 상

146   초의스님 전상서

징하는 말로 사용되었다. 그러므로 성윤이 운유라는 표현을 썼다는 점에서 차를 잘 아는 대흥사 승려가 아닐까 생각해본다.

다음 소개할 편지는 성유性惟의 편지이다. 1856년 9월에 초의에게 보낸 것으로 앞서 소개한 성윤의 편지보다 4개월 정도 늦게 보낸 것이다. 크기는 31.8×46.8cm이다. 겉봉엔 "대둔사 간행소에 머물고 있는 소승 성유가 삼가 올립니다(大屯寺 刊所留 小僧性惟謹上)"라고 하고, "초의 사주의 대법안에 입납합니다(草衣師主大法案入納)"라 하였다. 이 편지는 간행소에서 소임을 맡고 있던 성유가 초의 사주에게 보낸 것이다.

한편 성유는 봉은사의 판전에 신중도를 그릴 때 초의와 함께 증명법사로 참여했다. 이는 〈봉은사 판전 신중도奉恩寺 板殿 神衆圖〉 화기에 "봉은사판전중단에 봉안하여 주상전하께서 만세를 누리시고 왕비전하께서 천수를 사시며 대왕대비전하께서 무량수를 누리시기를 기원하며 인연에 따라 비구 의순과 성유 일원을 증명법사로…(奉安 于奉恩寺板殿中壇奉… 主上殿下壽萬歲 王妃殿下壽千秋 大王大妃殿下壽無彊 王大妃殿下壽無窮 大妃殿下壽齊年 緣化秩 證明比丘意恂 性惟 日圓…)"라고 한 내용에서 알 수 있다.

봉은사 판전은 약 1856년에 건립되었고 1857년에 신중탱화가 완성됐다. 당시 화승畵僧으로는 선율善律, 유진有進, 법인法仁, 진조進浩 등이 참여했던 것으로 보인다. 이 탱화는 2007년 서

봉은사 판전 신중도(奉恩寺 板殿 神衆圖)
현재 판전의 향 좌측 벽에 봉안되어 있는 신중도로서 1857년 판전 중단탱으로 조성되었다.
초의선사 의순(草衣禪師 意恂)이 증명으로 참여하였다.

울시 유형문화재로 지정되었다. 성유는 자신이 경전 간행에
참여하게 됐다는 소식도 초의에게 전한다.

　　이별한 것이 얼마가 되었는지 기억이 나질 않습니다. 그렇지만

없어지지 않고 남는 것이 있으니 어찌 해로서 오래 기억할 수 있겠습니까. 모습과 소리의 층이 가로막은 것입니다. 삼가 살피지 못했습니다. 노란 국화가 울타리에 가득합니다. 대법안의 기체후는 늘 편안하시지요. 멀리 사모하는 마음 이루 다할 수 없습니다. 소승은 아직도 옛날과 같으니 겉으로 어찌 번거로움을 다 말하겠습니까? 다만 간역刊役도 이미 다 마쳤습니다. 여러 곳에서 호위하는 마음이 이를 완성하게 한 것임을 알고 있습니다. 백단향 일편을 올립니다. 밤새도록 전로篆爐에 향을 피워 축원하실 때 쓰시면 어떨지요. 이만 줄입니다. 삼가 살피소서. 문후를 드립니다. 1856년 9월 11일 소승 성유인허 재배.

奉別幾至忘記 然而只有不亡者存 何必以年記久遠 爲形聲之層礙也 伏未審 黃菊堆籬 大法案氣體候 連爲萬安 遠伏慕區區 無任之至 小僧姑依贒樣 外何煩達 第刊役已至終竣 知諸方護念之所泊也 白檀一片仰呈 以爲一夜篆爐熱祝 如何 餘不備 伏惟下照 謹候狀

丙辰 九月 十一日 小僧 性惟 印虛 再拜

성유라고 쓴 것 다음에 인허印虛라는 묵서가 있다. 이는 곧 성유의 다른 이름일 것이다. 바로 인허라는 글씨는 초의가 쓴 것이니, 그가 성유인허임이 확인된 셈이다. 서로 관계가 소원했었다는 사실은 "이별한 것이 얼마가 되었는지 기억이 나질 않습

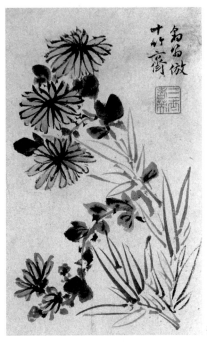

강세황의 국화도

니다"라고 한 대목에서 드러난다. 그렇지만 그가 초의를 그리워
하는 마음을 "대법안의 기체후는 늘 편안하시지요. 멀리 사모하
는 마음 이루 다할 수 없습니다"라고 하였다. 또 "노란 국화가
울타리에 가득한"이라는 표현에서 편지를 보낸 시기가 가을임
을 드러낸다.

특히 주목할 대목은 "간역刊役도 이미 다 마쳤습니다. 여러 곳
에서 호위하는 마음이 이를 완성하게 한 것임을 알고 있습니

다"라는 부분이다. 이는 성유가 봉은사에서 판전을 건립한 후 화엄경을 간행할 때에도 직접 참여했다는 사실을 드러냈기 때문이다. 봉은사 판전은 화엄경의 경판을 보관하기 위해 건립됐다. 그러므로 간역을 마쳤다는 것은 이와 관련이 있을 것이다. 이 무렵 초의는 추사가 세상을 하직했다는 소식을 들었지만 그 해에 상경하지 못하고 다음 해인 1857년 봄 해남을 출발하였다. 그가 상경한 것은 추사의 상청을 찾아 조문하는 일이 가장 급한 일이겠지만 완호의 탑명을 받는 것도 상경의 한 가지 이유였다. 그 뿐 아니라 봉은사 판전의 신중탱화를 조성할 때 증명 법사로 참여했던 것도 상경 이유다.

1857년 상경한 초의는 그해 겨울을 과천 추사 댁에서 머물다가 1858년 2월 〈완당공제문〉을 지어 평생지기平生知己의 상청에 고했다. 물론 차를 좋아했던 추사를 위해 비장했던 차를 영정에 올렸으리라.

추사가 "오래도록 잊지 말자長毋相忘"라는 인장을 새겨 자신의 글씨 위에 찍었던 건, 초의와의 우정을 기리기 위함이었던가. 서로를 잊지 못했던 사람들, 추사와 초의가 그런 교유를 나누었던 인물들이다. 실제 해남 대흥사로 돌아온 초의는 더 이상 세상에 나가지 않았다. 이미 자신을 알아주던 벗이 떠난 세상은 그에겐 아무런 의미가 없었던 것일까.

13
금령 박영보의 시첩

금령錦舲 박영보朴永輔(1808~1872)는 박문수의 손자이다. 신위의 제자이며 한때 암행어사로 활약했던 인물이다. 그가 초의를 처음 만난 것은 1830년경이다. 이산중이 얻은 초의차를 박영보에게 나누어준 것이 계기가 되어 초의의 명성을 알게 된다. 박영보는 초의차를 얻어 스승과 맛본 후 〈남다병서南茶並序〉를 썼다. 그리고 신위는 이 시에 화답하여 〈남다시병서南茶詩並序〉를 썼다. 박영보는 교유의 증표로 자신이 지은 시를 첩으로 묶어 초의에게 보냈다. 시첩의 크기는 21.5×13.5cm이고, 1830년에 지은 〈몽하편병서夢霞篇並序〉와 〈남다병서〉, 1850년에 지은 〈초의입정草衣入定〉 등 3편을 합첩合帖했다.

이 시첩에 수록된 글 중에 주목할 것은 바로 〈몽하편병서〉이다. 이 시를 짓게 된 내력을 서문에 자세하게 기록하고 있는데,

초의가 일지암으로 거처를 옮긴 날 밤, 꿈속에 신위가 이곳을 찾아와서 글씨를 썼다는 것이다. 이 시첩을 통해 박영보가 자신의 스승인 신위와 초의 사이의 교유의 깊이는 물론, 다산가 및 추사의 인맥을 알 수 있다. 더불어 홍현주 집안 형제들, 김조순 일가, 이만용에 대한 내용도 포함되어 있다. 한편 〈남다병서〉는 경화사족들의 차에 관한 관심이 촉발된 시기에 지어졌다는 점이다. 물론 조선후기 차문화 중흥은 초의 혼자 힘으로 이룩한 것은 아니지만 초의의 역할이 큰 기폭제가 되었다. 차와 시로 맺어진 초의와 신위와의 깊은 교유를 확인할 수 있는 〈몽하편병서〉의 내용은 다음과 같다.

초의선사께서 두륜산 서쪽 가에 새 초가집을 짓고 거처를 옮기던 날 저녁, 꿈에 사람이 외치기를 자하도인紫霞道人이 오셨다고 하였다. 나가 보니 청사를 입은 수재인데 나이가 40여 살쯤 되어 보였다. 성씨를 물으니 웃으며 답하지 않더니 이름을 써서 보여주었다. 조금 있더니 냉금지冷金箋(중국 수입 종이로 금이나 은을 뿌려 장식한 종이)를 펴 행초로 초당의 편액을 소제蕭齋라고 지었다. 또 예서로 대내對耐 두 글자를 쓰시다가 내耐 자의 촌寸 변에 이르자, 초의에게 완성하기를 재촉하였지만 초의는 감히 할 수 없다고 사양하였다. 마침내 다시 붓을 들어 쓰기를 마쳤고,

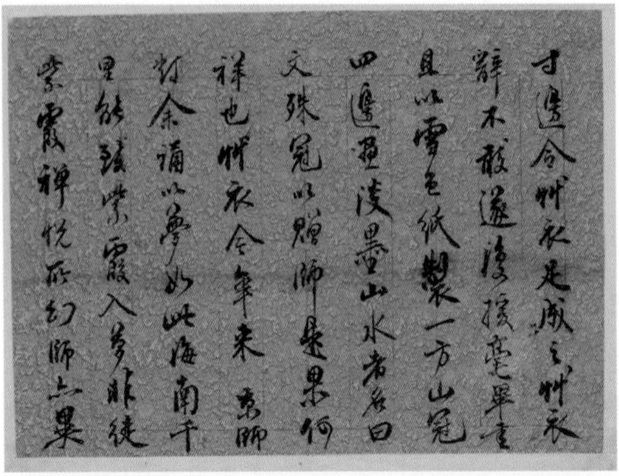

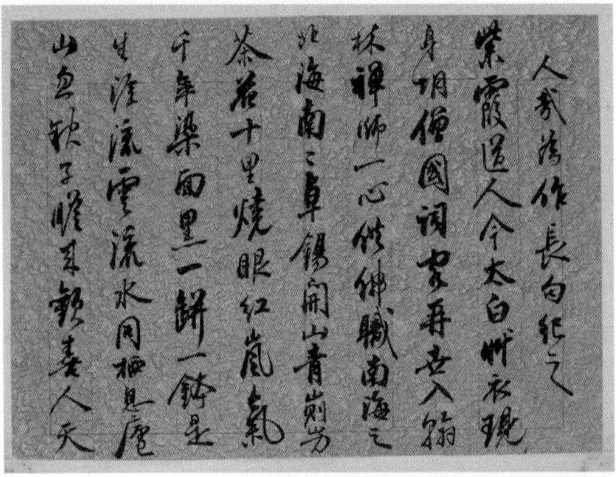

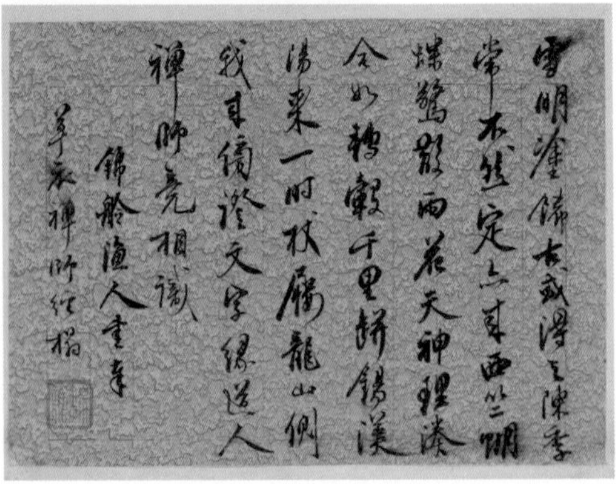

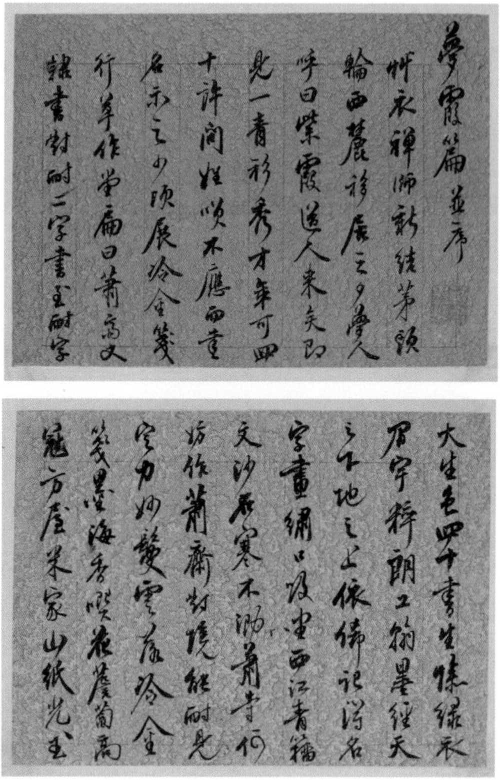

박영보가 초의에게 손수 묶어 보낸 시첩

박문수 초상. 작자 미상

또 설백지雪白紙로 방산관
方山冠 하나를 만들어 네 변
에 담묵淡墨으로 산수를 그
렸는데 이름을 문수관文殊
冠이라 하였다. 이것을 초
의에게 주셨으니 과연 무슨
상서로운 징조인가. 초의
가 올해 한양에 왔다가 나
를 보고 이와 같은 꿈을 꾸
었다고 하였다. 천 리나 되
는 해남으로 자하도인을 불

러 꿈속에 이르게 했으니 한갓 자하의 선열이 환몽한 것이 아니
라면 초의 또한 기인이라 할 것인저, 그를 위해 장구長句를 지어
기록하노라.

草衣禪師新結茅 頭輪西麓 移居之夕 夢人呼曰 紫霞道人來矣 卽見一
靑衫秀才 年可四十許 問姓 笑不應 而書名示之 少頃展冷金箋 行草
作堂扁曰 蕭齋 又隸書對耐二字 書至耐字寸邊 令草衣足成之 草衣辭
不敢 遂復援毫畢書 且以雪色紙 製一方山冠 四邊畵淡墨山水者 名曰
文殊冠 以贈師 是果何祥也 草衣今年來京師 對余誦以夢如此 海南千
里 能致紫霞入夢 非徒紫霞禪悅所幻 師亦異人哉 爲作長句紀之

〈몽하편〉의 서문은 초의가 꿈에서 만난 신위의 모습을 현실처럼 생생하게 그리고 있는데, 이는 초의가 신위를 얼마나 흠모했는지를 알 수 있다. 한편 초의의 꿈속에서 신위가 "설백지雪白紙로 방산관方山冠 하나를 만들어 네 변에 담묵淡墨(엷은 먹)으로 산수를 그렸는데 이름을 문수관文殊冠이라 하였다. 이것을 초의에게 주셨으니 과연 무슨 상서로운 징조인가"라고 했다. 이때 방산관은 방사方士나 유랑객이 썼던 모자를 말한다. 조선후기 시·서·화 삼절이라 칭송받은 신위였으니, 그가 방산관에 그린 산수화는 얼마나 담담한 선미禪味를 드러냈을까!

박영보는 신위를 신선, 초의를 수행이 깊은 승려라 서술했다. 박영보가 그려낸 두 사람의 모습을 자세히 살펴보면 이렇다.

자하도인은 현재의 태백선인太白仙人이며

초의는 호승국胡僧國의 현신現身이라.

시객은 세상에 거듭나서 한림翰林으로 들어가고

초의선사는 일심으로 불공 드리는 일을 맡았네.

남해의 북쪽, 해남의 남쪽에

푸른 산 잇닿은 곳, (초의가) 주석했네.

동백꽃 십리 길은 눈을 붉게 태우는데

천년의 산 가득한 안개, 검게 얼굴을 물들이네.

운무에 쌓인 해남 두륜산

바루와 물병 하나가 일상의 삶이라

흐르는 물과 구름처럼 떠돌며 산다네.

여산廬山에서 홀연히 자담子瞻이 왔음을 알리니

환희로운 인천人天은 크게 생색이 나네.

사십 살의 서생, 벼슬살이가 애처로운데

미간은 훤칠하고 문장을 잘하네.

하늘을 지나 땅 위에 내리시니

어렴풋이 명자名字를 기억했네.

글 잘 짓는 사람, 푸른 서강의 물을 다 마시고

주문籀文은 추운 모래자갈에서도 마모되지 않았네.

소슬한 절집을 소재로 지은들 무슨 해로움이 있으랴.

경계를 대함에 능히 인내하여 정력定力을 보이시길.

묘한 붓, 냉금전 종이에 구름처럼 떨어지니

먹 향은 치자 꽃향기를 뿜어내네.

방산관에 그린 그림, 미불米芾의 산수이고

옥설玉雪처럼 빛나는 종이로 깨끗하게 꾸몄네.

옛날엔 혹 진계상이 얻었을 것이며

그렇지 않으면 바로 서축에서 온 것이라.

하늘에서 꽃비 내리니 나비가 놀라 흩어지고

신묘한 이치 주합됨은 바퀴를 돌리는 것 같네.

멀리 천 리에서 초의스님이 한양에 오시니

일시에 어르신들, 용산 곁에 모였네.

내가 와서 곁에서 문자의 인연을 증언하니

도인과 선사가 마침내 서로 알아봄이라.

紫霞道人今太白 草衣現身胡僧國

詞客再世入翰林 禪師一心供佛職

南海之北海南南 卓錫開山靑嶼圴

茶花十里燒眼紅 嵐氣千年染面黑

一缾一鉢是生涯 流雲流水同栖息

초의스님의 발길을 묶었던 일지암의 샘물

廬山忽報子瞻來 歡喜人天大生色

四十書生慘綠衣 眉宇粹朗工翰墨

經天之下地之上 依俙記得名字畵

繡口吸盡西江靑 籒文沙石寒不泐

蕭寺何妨作蕭齋 對境能耐見定力

妙鬘雲落冷金箋 墨海香噴花薝蔔

高冠方屋米家山 紙光玉雪明塗飾

古或得之陳季常 不然定亦來西竺

蝴蝶驚散雨花天 神理湊合如轉轂

千里缾錫漢陽來 一時杖屨龍山側

我來傍證文字緣 道人禪師竟相識

錦舠漁人 書奉草衣禪師經榻

자하 신위의 묵죽도

장문의 시는 문사로서 박영보의 재능을 그대로 드러낸다. 박
영보는 신위를 마치 여산에서 은일했던 자첨子瞻이 온 것 같다
고 표현했다. 자첨은 바로 소식蘇軾(1037~1101)이다. 스승 신위를
소식처럼 글재주가 뛰어난 인물로 묘사했다. 게다가 그림에 대

한 신위의 재능을 "묘한 붓, 냉금전 종이에 구름처럼 떨어지니 / 먹 향은 치자 꽃향기를 뿜어내네. / 방산관에 그린 그림, 미불 米芾의 산수이고 / 옥설처럼 빛나는 종이로 깨끗하게 꾸몄네"라고 했다. 그 뜻은 신위가 북송대의 미불米芾(1051~1107)처럼 그림을 잘 그렸다는 것이다. 미불은 북송 시기 태원 출신의 사람으로 자는 원장元章이고, 호는 남궁南宮이다. 그는 해악외사海岳外史, 녹문거사鹿門居士라고도 불렸다. 규범에 얽매이는 것을 싫어했던 그는 기행奇行을 일삼았고 결벽증이 심했다고 전해진다. 그는 수묵화뿐 아니라 문장과 시서詩書에 능했고 소동파蘇東坡와 황정견黃庭堅 등과 친했다. 글씨를 잘 써 채양蔡襄과 소동파, 황정견 등과 함께 '송사대가宋四大家'로 칭송받는다. 미불은 아름다운 강남의 자연을 묘사하기 위해 미점법米點法이라는 독자적인 점묘법을 창시했다. 그의 화풍은 오진嗚鎭, 황공망黃公望, 예찬倪瓚, 왕몽王蒙 등 원대 말기의 사대가에게 영향을 미쳤고, 명의 오파嗚派에게도 영향을 주었다. 이 시에서 박영보는 미불의 예술 세계와 신위를 동급으로 평가한다. 그가 마음에 품었던 스승에 대한 존경은 이 시를 통해 길이길이 남겨질 것이다.

조희룡의 일정화영첩一庭花影帖

조선후기 여항시사를 이끌었던 조희룡趙熙龍(1789~1866)은 추사 김정희의 제자로, 초의와 깊은 인연을 맺었다. 조희룡의 집안은 양반가이지만 조부 때부터 벼슬에 나아가지 않았고 조희룡 자신이 여항인閭巷人들과 어울린 화가이기에 중인으로 분류한다. 그의 자는 이견而見 혹은 치운致雲이고, 우봉又峰, 철적鐵篴, 호산壺山, 단로丹老, 매수梅叟 등을 사용하기도 했다. 조희룡은 "마치 학이 가을 구름을 타고 훨훨 날아가듯이 길을 걸어 다녔다"라고 할 정도로 병약했다고 한다. 이런 약골임에도 천수를 누렸던 그는 특히 매화를 좋아하여 기벽奇癖이라 이를 만하였다. 그가 매화를 잘 그린 것은 이런 매화벽 때문인지는 알 수 없지만 늘 매화 병풍을 치고, 매화 벼루를 수집해 곁에 놓고 즐겼다고 한다.

무엇보다 그의 예술적 취향은 추사의 문하에서 더욱 그 가치

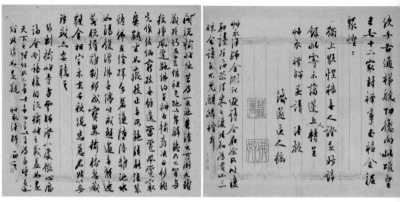

조희룡이 초의에게 지어 바친 일정화영첩

를 발하였다. 개방적인 인품의 소유자였던 추사는 신분을 따지지 않고 교유하였기에 조희룡도 그의 문하에서 공부할 수 있었다. 그러므로 조희룡이 추사체를 본받아 추사를 방불하는 수준의 글씨를 썼던 것은 우연이 아닌 것이다.

조희룡은 추사를 통해 초의와 알게 됐다. 그가 불로佛老라는 호를 사용했던 점은 불교에 우호적인 성향을 보여준다. 조희룡은 초의에게 증시첩을 보내 법교를 청했는데, 이것이 바로『일정화영첩一庭花影帖』이다.

『일정화영첩一庭花影帖』의 크기는 24.7×13.4cm이며, 조희룡이 초의를 위해 지은 총 5수의 시를 묶어 첩으로 완성한 작품이다. 겉표지에 초의선사草衣禪師 사수查收, 철축도인鐵篴道人 기寄

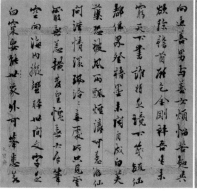

라고 쓴 묵서가 있다. 철축도인은 조희룡의 호^號다.

　조희룡은 시·서·화에 모두 재능을 보였는데, 특히 시에 밝았다. "초의법사께서 금강산을 돌아보시고 쓴 시는 지금 저에게 있으니 때때로 다시 꺼내 읽습니다. 해악에서 돌아온 후, 처음으로 산을 보는데도 삼매의 경지가 있다는 것을 알았습니다(草衣法師金剛望遊詩 今在余所 時復取讀於海岳 歸來之後 始知爲看山三昧)"라는 구절에서, 그는 초의가 1838년경 금강산을 유람할 때 지은 시를 애송했다는 사실을 확인할 수 있다. 이는 당시 초의와 교유했던 경향의 문사들 사이에서 유행했던 일이기도 하다.

　조희룡의 시와 글씨, 그리고 초의와의 관계를 살펴볼 수 있는 중요한 자료인 『일정화영첩一庭花影帖』의 일부 내용을 살펴보자.

정수영(1743~1831)의 백사동유도. 조선시대 여항시사의 모습을 보여준다.

도道로 향하는 선남선녀여,

번뇌와 고통을 없애려고

머리를 조아려 금강저에 비누나.

내 천하의 책을 다 보지 못했으니

누가 장차 이런 경계를 쓸 것인가.

신선의 땅, 부처의 세계를 유생이 올랐지만

스스로 흰 연꽃 피웠다는 소식, 듣지 못했네.

안개 피어오른 바다, 비바람 맞는 게 두려워

신선에게 나루터를 묻는 마음이어라.

패옥 소리 댕그랑 울려도 머물 곳이 없으니

다만 노을 바라볼 뿐, 마음대로 가지 못하네.

큰 부끄러움 일어나도 큰 손으로 쓸 수 없어서

공연히 세상을 향해 소리를 내는 듯하네.

세간의 문자란 오목한 절구 구멍이라.

어찌 모양 밖을 다 들 수 있으리.

만약 천고로 통한 사다리와 배가 있다면

여기에서 공덕을, 황왕을 칭송하리.

72집을 봉선封禪한 일이라

빛나는 옥문갑玉文匣, 금니金泥를 모으리.

홀로 갈성루歌城樓에 올랐습니다. 사람이 이 묘제妙諦를 증명할 이 없어 이것을 기록하여 포연스님浦蓮上人에게 보내니 돌려서 초의선사에게도 보냅니다. 아울러 법의 가르침을 청합니다.

철축도인 고

초의법사께서 금강산을 돌아보시고 쓴 시는 지금 저에게 있으니 때때로 다시 꺼내 읽습니다. 해악海嶽에서 돌아온 후, 처음으로 산을 보는데도 삼매의 경지가 있다는 것을 알았습니다. 내 시는 곧 기린휜을 면했을 뿐입니다.

向道善男與善女

조희룡의 홍매도

煩惱苦趣共欲除

稽首願乞金剛杵

吾生未窮天下書

誰將是境下箋疏

仙都佛界登楮墨

未聞自成白芙蕖

恐被風雨飄烟瀛

可惹遊仙問津情

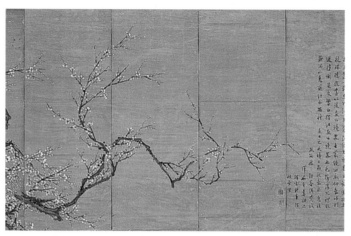

조희룡의 홍백매도(부분도)

모란꽃과 기린이 그려진 그림. 조선시대. 춘추시대 공자는 기린이 잡혔다는 말을 듣고 세상을 주유하던 일을 그만두고 고향으로 돌아가 제자를 양성했다. 그만큼 사람들은 기린을 상서로운 동물이라고 생각했다.

環珮冷冷無處所

只見雲霞無恙橫

發皇愧無大手筆

空向海內擬蠻膥

世間文字是臼窠

安能象外可舉悉

若使千古通梯航

功德向此頌皇王

민화 속의 기린 그림

七十二家封禪事

玉檢金泥聚煌煌

獨上歇惺樓 無人證是妙諦 錄此寄示浦蓮上人 轉呈草衣禪師 並請法
教

鐵篿道人稿

草衣法師金剛望遊詩 今在余所 時復取讀於海岳 歸來之後 始知爲看
山三昧 余詩即不免麒麟楦耳

초의는 1838년경 금강산을 유람했다. 두 번째 상경 길에 금강
산을 유람하고자 했지만 뜻을 이루지 못하고 1838년에야 뜻을
이뤘다. 경향의 문사들은 초의가 금강산에서 쓴 시를 즐겨 읊었
고, 조희룡도 초의의 금강산 시를 애송했다. 조희룡은 금강산을
유람한 후에야 산을 보는 묘미가 무엇인지를 알았다고 말한다.
그렇기 때문에 시의 후미에 "초의법사께서 금강산을 돌아보시
고 쓴 시는 지금 저에게 있으니 때때로 다시 꺼내 읽습니다. 해
악海嶽에서 돌아온 후, 처음으로 산을 보는데도 삼매의 경지가
있다는 것을 알았습니다. 내 시는 기린횐을 면했을 뿐입니다"라
고 한다.

조희룡의 시가 기린횐麒麟楦을 면했다는 말은 무엇을 뜻하는
가. 바로 초의의 시를 알게 된 후, 산을 보는 데도 삼매가 있다

는 것을 깨닫게 되었고 그의 시 또한 겉만 그럴듯한 것이 아니라 실속 있는 시를 완성할 수 있다는 말이다. 「태평광기太平廣記」 권265 「영천령盈川令 경박일輕薄一」은 기린훤의 유래를 다음과 같이 설명하고 있다.

기린은 상서로운 동물이다. 당唐나라 때 기린으로 분장한 나귀를 기린훤麒麟楦이라고 불렀는데, 겉으로 보기에는 그럴듯하나 실제로는 아닌 것을 이른다. 여기에서는 본질적으로 기린으로 분장한 나귀처럼 다른 신분에 따라 정해놓은 법질서가 무너진 것을 이른다.

기린은 남방에서 자란다. 춘추시대 공자는 기린이 잡혔다는 말을 듣고 세상을 주유하던 일을 그만두고 고향으로 돌아가 제자를 양성한다. 사람들은 기린을 상서로운 동물이라고 생각했고, 기린의 출현은 성인의 도래를 예견하는 상서로운 징후로 여겼다. 그런데 기린훤은 나귀를 잘 꾸며 기린처럼 분장한 것을 뜻한다. 바로 가짜라는 말이다. 조희룡이 자신의 시가 기린훤을 면했다는 것은 허상이 아닌, 시삼매詩三昧의 본질을 관통했다는 말이 아닐까.

한편 『일정화영첩一庭花影帖』은 원래 초의에게 보낸 것은 아닌 듯하다. 이는 "사람이 이 묘제妙諦를 증명할 이 없어 이것을 기록하여 포연스님浦蓮上人에게 보내니 돌려서 초의선사에게도 보냅니다. 아울러 법의 가르침을 청합니다"라고 한 것에서 드러 난다. 포연스님이 누구인지 알려지지 않았지만, 이 첩은 초의에 게 법교法敎를 청하면서 보낸 것임이 분명하다. 그리고 첩의 후 미에 조희룡의 안목이 유점사를 유람하면서 "천하의 이치가 어 느 것이든 무無로서 유有를 하고 유有로서 무無를 하지 않음이 없으니 모두 옳습니다. 나는 우선 일어난 것을 이처럼 보는데 초의법사께서 바로잡아 주십시오(天下之理 何所不有 以無爲有 以有 爲無 皆是也 我姑作如是觀 草衣法師正之)"라고 말한 대목이 눈에 띈 다.

그의 문리는 이처럼 대오한 경지를 드러냈으니 금강산 유람 은 사람의 안목을 넓히기에 제격이었던가 보다. 자신의 경계를 초의선사의 법안法眼으로 점검해 달라는 것이니 당시 초의는 인천人天의 스승이었던 것이 분명하다.

15

유산 정학연과 조카 정대무의 편지

유산 정학연(1783~1859)과 추사 김정희(1786~1856)는 초의의 삶
에서 의미 있었던 사람들이다. 유산은 다산의 장남으로, 초의와
는 다산초당에서 인연을 맺었고, 초의가 추사를 만난 것은 유산
과의 인연 때문이었다. 후일 이들은 초의의 막강한 후원자가 되
었다. 그뿐 아니라 초의는 이들의 자제들과도 막역한 교유를 이
어갔는데, 그 매개물은 차였다. 이러한 사실은 유산이 초의에게
보낸 시와 정학유丁學游(1786~1855)의 아들 정대무丁大懋(1824~?)
의 편지에서 확인할 수 있다.

먼저 유산의 시를 살펴보자. 그 크기는 31.6×24.4cm이다. 묵
서 지본紙本으로 유산이 시를 지어 초의에게 보낸 것으로 보인
다. 이 시가 언제 지어진 것인지는 알 수 없지만 초의가 마현을
찾았던 1830년경에 지은 것이라 여겨진다. 이 시에서 유산은 차

유산 정학연의 시

를 즐기며 초의를 생각한 마음을 이렇게 노래했다.

차 향기 구불구불, 가는 귀밑머리 터럭처럼 피어나고

휘장을 걷으면 아련히 본래 스님을 보는 듯한데

홍상紅裳을 입고, 거듭 유지遊地를 떠나겠구려.

한결같은 푸른 강은 옛날 건널 때가 아니리니

나는 정말로 그대가 절교하는가 생각했다네.

그대는 나를 위해 오히려 천천히 가는데

푸른 산, 불국은 신선이 사는 곳이라

전에 기약했던 것 묻고 싶지만 기약할 수가 없구려.

篆午茶煙兩鬢絲　披帷宛見本來師

小紅棠發重遊地　一碧江非舊渡時

我正疑君曾屬絶　君其爲我尙栖遲

靑螺佛國仙山路　欲問前期未有期

　이 시의 배경은 아마 초의가 두 번째 상경했다가 대흥사로 돌
아간 후라 생각한다. 유산은 시에서 "차 향기 구불구불, 가는 귀
밑머리 터럭처럼 피어나고 / 휘장을 걷으면 아련히 본래 스님
을 보는 듯한데 / 홍상을 입고, 거듭 유지遊地를 떠나겠구려"라
고 읊었다. 이는 곧 이별의 아쉬움을 드러낸 것이다. 유산은 차
를 끓일 때에도 초의를 그리워했다. 그는 초의가 수행하는 곳,
대흥사가 바로 불국토이며 초의처럼 신선이 사는 곳이라고 표
현했다. 그러므로 언제 다시 만날까 기약한들 다시 만나기 어려
운 정황을 "전에 기약했던 것 묻고 싶지만 기약할 수가 없구려"
라고 했다. 말의 묘미를 가장 잘 살릴 수 있는 것은 시이다. 시
인을 사백詞伯이라 칭한 이유가 여기에 있다. 이 시 하단의 협서
에서는 당시 유산의 심정을 더욱더 간절하게 그렸다.

　오랫동안 초의선사를 뵙지 못했는데 이미 산으로 돌아갔으리라

다산초당(茶山草堂). 다산 정약용이 강진에서 18년간 유배생활을 할 때 11년간 머문 곳이다. 이곳에서 실학체계의 대부분을 구상해 500여 권에 달하는 방대한 저서를 집필했다.

생각합니다. 내가 하산霞山에서 돌아오니 갑자기 자리에 계신 듯하여 더욱더 기쁘고 또 기이하였습니다. 마치 다시 연사蓮社로 돌아온 것 같았습니다.

久未見草衣師 意已歸山 余自霞山還 忽見在座 況喜且奇 如更從蓮社來也

초의는 1830년 상경하면서 애초 계획은 금강산을 유람하려고 했다. 그러나 그 일은 뜻을 이루지 못한 채 다시 대흥사로 돌아간다. 당시 유산은 초의를 한동안 만나지 못했던 듯하다. 그

"보내주신 차는 매년 세금처럼 보내주시니 저는 고저산에 차밭을 둔 것일까요. 그 맑은 향이 마음에 스며듭니다."

러므로 유산은 협서에 하산에서 돌아와 보니 마치 초의스님이 계시는 듯했으며 연사, 즉 절에 돌아와 있는 듯하다고 말했으리라.

이어서 유산의 조카 정대무丁大懋(1824~?)가 초의에게 보낸 편지를 살펴보자. 이 편지는 초의와 다산 집안이 대를 이어 교유를 나눴던 사실을 확인할 수 있는 자료이다. 정대무는 정학유丁學游(1786~1855)의 아들이자 다산의 손자이다. 그는 조부 다산이 저술한 『아방강역고我邦疆域考』와 1903년 장지연張志淵이 증보한 『대한강역고韓疆域考』에 발문을 쓰기도 하였다. 1860년 5월

에 초의에게 보낸 편지는 그 크기가 41.6×29.4cm이다. "초의선
사 탑하榻下"로 시작하는 편지 내용은 이렇다.

작년 겨울, 가르침을 받고자 하는 편지를 보냈는데 살펴보셨
는지요. 지금 운곡雲谷이 와서 위로하시는 (스님의 편지를) 읽으
니 그 감동을 어찌 감당하겠습니까. 다만 근자에 경서를 공부하
며 도의 경지가 풍족하시다니 실로 위로되고 축원합니다. 저의
기복인朞服人(상중에 있는 사람) 가문은 불행히도 백부의 상을 당
해 심통한 마음을 어찌 다 말하겠습니까. 집의 대들보가 부러졌
으니 집안을 어찌해야 합니까. 매번 비통에 젖어 있는 동안에
도 마음은 남쪽 대둔사에 있는데 갈 수가 없으니 향로실에서 법
을 말하는 스님의 게偈를 들을 수 없음이 한스럽습니다. 보내주
신 차는 매년 세금처럼 보내주시니 저는 고저산에 차밭을 둔 것
일까요. 그 맑은 향이 마음에 스며듭니다. 이런 진귀한 것에 감
사드립니다. 천 리에서 편지가 이르니 이미 너무도 마음속에 굳
게 맺혀 잊혀지지 않는데 두강처럼 좋은 차를 보내신 은혜는 더
욱더 머리를 굽혀 감사드리게 합니다. 장차 이 공덕을 무엇으로
보답하겠습니까. 해안海眼은 아버지의 병환으로 오지 못한다고
하며 들어도 슬픔을 느끼지 못하겠다고 하니 나를 위해 말한 것
입니다. 도자기 그릇을 보내려고 했지만 날씨가 너무 덥기 때문

에 보낼 수가 없다고 하니 무척 아쉽습니다. 모두 미루고 가을에 다시 생각해봐야겠습니다. 이만 줄입니다. 1860년 5월 11일 (단오가 지난 지 6일 후에) 기복인(상중에 있는 사람) 정대무 돈수. 정으로, 중국 먹墨을 보냅니다.

昨冬敎律便 付書矣 入照否 今於雲谷來 卽讀慰狀 其感當何如 第審邇者 經履道腴 實慰勞祝 碁服人 家門不幸 伯父喪事 沈慟何言 而棟梁摧折 家其何爲 每於悲感之餘 思到南社 恨不鞋襪 以往說法聞偈 於香爐室中也 惠茶 歲輸其稅 我置顧渚田耶 其淸香沁脾 可是珍謝 千里致書 已極繾綣 而頭綱之惠 尤極僕僕 將以何答此功德耶 海眼以親癠不來云 聞來不覺悵然 爲我言及也 瓷器欲送 而以日熱之故 未能負去云 甚歎甚歎 都留 秋來可擴 不備謝狀 庚申 端陽後六日 期服人 丁大懋 頓首 唐墨一笏表情

이 편지에서 정대무는 "보내주신 차는 매년 세금처럼 보내주시니 저는 고저산에 차밭을 둔 것일까요. 그 맑은 향이 마음에 스며듭니다"라고 했다. 고저산이란 당나라 시기부터 공차貢茶 (황제에게 올리는 차)를 생산하던 곳으로, 호주湖州 장성현城縣에 있다. 육우陸羽(733~804)도 호주의 고저산에서 나는 차를 으뜸으로 꼽았다. 정대무는 초의가 보내주는 차를 고저산에서 나는 명차라고 평가했다. 그리고 매년 세금처럼 차를 보냈다고 하니 초의

정대무가 써보낸 편지

의 성의는 이처럼 변함이 없다는 것을 알 수 있다.

이처럼 초의차를 높게 평가한 것은 정대무뿐만이 아니었다. 초의와 교유했던 경향 각지의 선비들은 하나같은 의견이었다. 더구나 1860년대라면 초의차의 완성도가 절정에 이른 시기이 므로 이런 격찬은 어쩌면 당연한 것인지도 모른다.

한편 정대무는 자신을 기복인期服人이라 표현하였다. 이는 상 중喪中에 있는 사람이란 뜻이다. 그가 초의에게 보낸 편지에서 "가문은 불행히도 백부伯父의 상을 당해 심통한 마음을 어찌 다 말하겠습니까. 집의 대들보가 부러졌으니 집안을 어찌해야 합

해남 대흥사 일로향실 편액. 추사가 초의스님에게 써준 글씨다.

니까"라고 하였다. 정대무의 백부伯父, 즉 큰아버지는 바로 정학
연을 말하는데, 정학연이 죽은 해가 1859년이다. 백부의 죽음을
겪고, 집안의 슬픔이 마치 대들보가 무너지는 듯하다고 한 그의
비통함은 당시의 상황을 짐작하게 한다. 정대무는 이런 집안의
어려움 속에서도 초의의 법문에서 위로를 받았다. 그는 "매번
비통에 젖어 있는 동안에도 마음은 남쪽 대둔사에 있는데 갈 수
가 없으니 향로실에서 법을 말하는 스님의 게를 들을 수 없음이
한스럽습니다"라고 했다. 향로실은 초의가 거처한 곳이다. 추사
가 제주 유배 시절 일로향실一爐香室이란 당호를 써준 적이 있
으니, 아마 일로향실을 향로실香爐室이라 불렀을 것이다. 이런
추사의 호의는 초의가 보낸 차에 대한 고마움에 대한 감사를 표

현한 것이며, 다른 한편으론 이들의 우의友誼를 일필휘지一筆揮
之로 드러낸 것이다.

정대무의 편지에는 초의에게 도자기를 보내려고 했다는 내용
이 눈에 띈다. 정대무는 편지에서 "도자기 그릇을 보내려고 했
지만 날씨가 너무 덥기 때문에 보낼 수가 없다고 하니 무척 아
쉽습니다. 모두 미루고 가을에 다시 생각해봐야겠습니다"라고
썼다. 그가 편지를 보낸 시점은 음력 5월 단오 무렵으로 무더운
여름이 막 시작되려는 시기다. 마현에서 해남은 이동에 20여 일
이나 걸리는 먼 거리였으니 가을로 미룬 것은 당연하리라. 다산
의 집안과 도자기는 깊은 연관이 있다. 한때 정학연은 왕실 도
자기를 생산했던 광주 관요를 관리하던 하급 관리로 재직하기
도 했다. 또 정학연 이후에도 광주 관요의 관리로, 그의 후손들
도 관련이 있었다. 그러므로 여기에서 생산된 좋은 도자기를 초
의에게 보내겠다고 한 것이다.

초의는 다산, 정학연, 정학유의 후원을 잊지 않고 그들의 후손
들과도 대를 이어 교유하는 아름다운 신의를 보였다. 이런 자료
들은 차뿐 아니라 수행자다운 초의의 인품을 드러낸다.

16
우활과 성활의 편지

예나 지금이나 사람 사이에는 늘 분쟁이 있게 마련이다. 수행자
였던 초의에게도 분쟁은 피할 수 없는 일이었다. 바로 1840년경
대흥사에서는 총섭첩總攝帖 문제로 갈등이 발생한 것. 1840년 3
월 17일 안국암 종정 우활宇潤(생몰연대 미상)이 초의에게 보낸 편
지와 7월 도내 승통 성활性潤이 초의에게 보낸 공문서에서 이러
한 내용을 확인할 수 있다. 두 통의 편지에는 분쟁의 발생 원인
과 결과가 자세히 적혀 있다.

　먼저 분쟁의 원인을 살펴보자. 우활의 편지는 이 분쟁의 중요
한 단서를 제공한다. 우활의 편지 겉봉에 "대둔사 원장사주 예
좌하 입납大芚寺 院長師主 猊座下 入納 안국암 종정 우활 근후장
安國庵 宗正 宇潤 謹候狀"이라고 썼다. 따라서 1840년경 우활은
안국암에 거처했고 직위는 종정이었으며, 초의는 대둔사 표충

사의 원장院長이었다는 사실이 확인된다.

편지의 크기는 대략 26.6×45.2cm이다. 단아한 서체에서 그의 품성을 짐작할 수 있는데, 편지의 내용은 이렇다.

꽃향기가 두루 향기롭습니다. 서울에서 정사를 겸한 이래로 문후를 살피지 못했습니다. 뜻밖에도 복되고 길하시며 무茂스님이 온 이래로 더욱 좋다고 하시다니 우러러 사모하는 마음이 실로 깊을 따름입니다. 저(우활)는 관문과 길 사이에 겨우 후미지고 막힌 곳에 머물고 있는데 무엇을 번거롭게 말씀드리겠습니까. 벼슬길에 나감은 위태로움이 많아 근심의 파고가 더욱더 높아서 산에 사는 사람에게 시비가 전파되지만, 입으로 기약했기에 매번 마음이 불편합니다. 생각지도 않게 예조禮曹 관청에 나가보니 즉, 본사 원장 스님에 보고한 것입니다만, 지난번 예조에 보고한 후, 간사幹事 스님이 망기望記에 개인적으로 고쳐 첩을 내기 때문에 간사한 상황은 잘못된 보고이며 망기望記도 거짓된 것이라 조치할 수가 없습니다. 원안대로 고쳐 올려주시기 바랍니다. 여기에서 받은 첩문을 바로 보내겠다고 하니 즉, 세상에 어찌 이런 놀랄만한 일이 있습니까. 일이 결과적으로 이와 같다면 그 책임자를 바꾸어 하나라도 논란될 단서를 없애야 합니다. 사람을 낭패케 하는 것이 하나일지라도 여기까지 이르게 되었

분쟁의 중요한 단서가 되는 우활의 편지

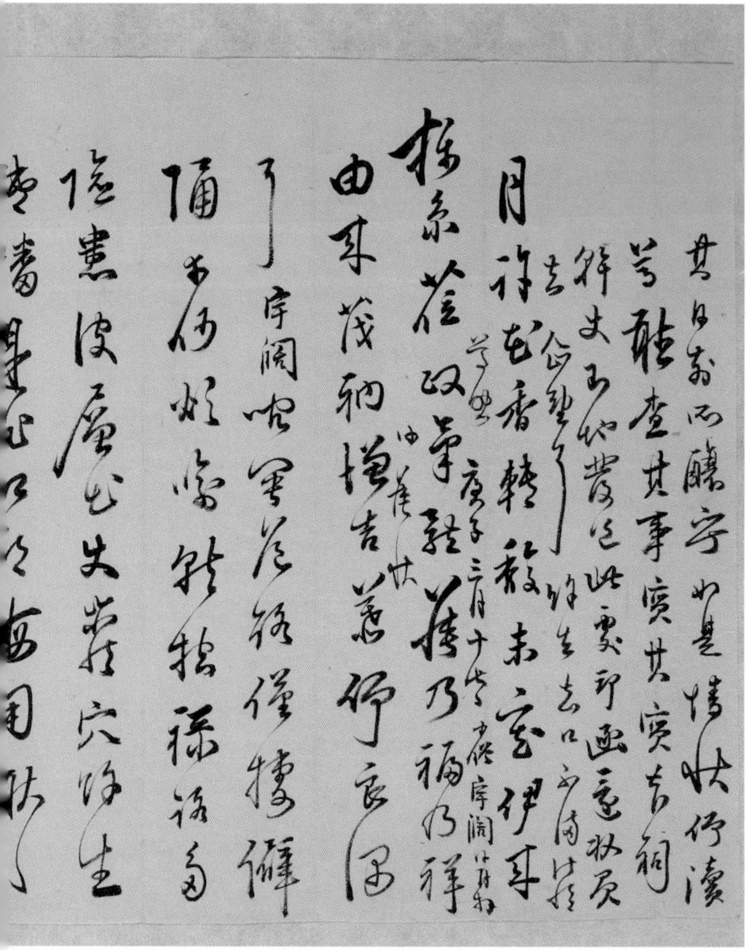

해남 대흥사 삼층석탑

다면 나의 마음을 속이는 것입니다. 존사께서 이 사실을 조사하여 (그 상황을) 들어야 합니다. 본사 간사幹事 스님이 간여한 것이 사실이라면 곧 이곳으로 인장함印章函을 환수해 보내시기를 간절하게 바랄 뿐입니다. 나머지는 이만 줄입니다. 엎드려 존사께서 살펴주실 것으로 생각합니다. 삼가 답장을 올립니다. 1840년 3월 17일 소승 우활이 삼가 올립니다.

月許花香轉馥 未審伊來攝京莅政氣體候 乃福乃祥 由來茂衲增吉 慕仰良深耳 宇潤 間關道路 僅棲僻隔 幸何煩喻 就控祿路多險 患波層出 使巖穴餘生轉播是非 口期每用耿耿 不意卽接禮曹關內 則所謂本祠院長僧報招內 向時望報之後 幹使僧就望記中 私改換以出帖 奸狀

偽望 不可仍置 原望修呈次 此處所受帖文 卽地上送云云 則世豈有

如此駭然之事乎 事果如是 則其於替換任席 一無論端 使人狼狽 一

至於此 誑我之心 尊聽查其事實 其實本祠幹使 卽地發送此處 印函

還收 負去企望耳 餘在去口 不備 伏惟尊照 謹候狀 庚子 三月 十七

日 小僧 宇濶 謹再拜

　　우활은 편지를 보내 예조禮曹에 나갔더니 원장인 초의가 보낸
보고서의 내용이 지난 번 내용과 달랐다고 말한다. 그가 예조에
서 파악한 내용은 "지난번 예조에 보고한 후, 간사幹事 스님이
망기望記에 개인적으로 고쳐 첩을 내기 때문에 간사한 상황은
잘못된 보고이며 망기望記도 거짓된 것이라 조치할 수가 없다"
라는 것이었다. 망기望記는 바로 삼망三望을 적은 단자, 즉 조선
시대 공정한 인사행정을 하기 위해 3배수로 추천했던 제도를
말한다. 당시 우활이 살고 있던 안국암은 한양에 위치한 암자
로, 종정이란 승직僧職을 수행하는 승려가 머문 암자라고 추정
된다. 조선 건국 이후, 공식적으로 승려의 관직인 승직은 폐지
되었지만, 후기에는 암암리에 승직이 존재했다. 우활은 간사가
자기 임의대로 망기를 고쳐 예조에 올렸던 내용을 알게 되었고,
이에 초의에게 부정을 바로잡으라고 요구했다. 즉, 우활은 초의
에게 그 경위의 조사 및 처리를 요청하고자 편지를 보냈다.

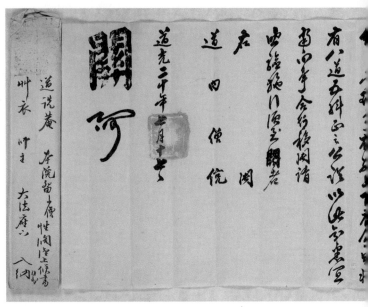

성활이 1840년 보낸 공문서

　다음에 소개할 문서는 공문서의 일종이다. 도선암道詵菴의 성
활性濶이 1840년 7월 17일 초의에게 이 문서를 보냈다. 당시 도
내승통道內僧統을 맡고 있던 성활은 총섭첩과 관련된 사안을 바
로 처리할 것을 초의에게 요구하였다. 그는 우활이 주장한 내용
의 잘못된 점과 초의가 처리한 방식의 문제점을 지적하면서 이
를 바로잡으라는 공문서를 보낸 것이다. 조선후기에 "승통은 한
도道를 규정하고 원장은 팔도를 총섭, 규정하는 것인데"라고 하
는 내용에서 승통과 원장의 승직 처리 범위를 어떻게 설정하고

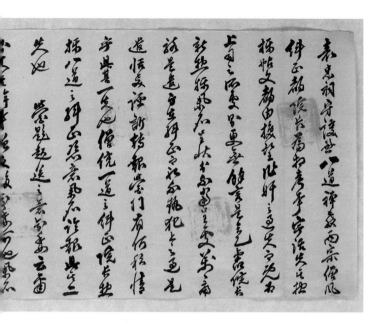

있는지 살필 수 있는 자료이다. 특히 이 공문서에는 "이거늘(是去乙), 이고(是遣), ~할 일(向事)" 등 이두 표기가 눈에 띄는데, 이러한 표기법은 공문에서 흔히 관찰된다. 초의에게 보낸 공문서의 크기는 32.6×92.4cm이다.

도선암 본원에 머무는 소승 성활 삼가 올립니다.

초의 사주 대법좌하 입납

표충사수호겸팔도선교양종승풍규정도원장表忠祠守護兼八道禪

敎兩宗僧風糾正都院長께서 상고한 일입니다. 우활宇活이 총섭 첩문摠攝帖文을 잃어버린 것은 모두 줄 것을 바라고 간사함을 일으켜 생긴 잘못입니다. 이미 상부관청上司에서 처리하셨다면 다시 여러 말을 할 것이 없거늘 구 원장이 새로 총섭을 맡으면서 일일이 부당한 상황을 상정하였으니 모든 일이 슬프고 놀랄 일입니다. 자신이 규정糾正에 있으면서 처음에 상부를 범한 잘못을 잡지 못하고 안이하게 무고를 받아들여서 영문營門에 전보한 것이 무슨 사사로운 뜻이 있겠습니까마는 이것이 첫 번째 잘못입니다. 승통은 한 도를 규정하고 원장은 팔도를 총섭, 규정하는 것인데 스스로 일일이 논하여 보고하였으니 이것이 그 두 번째 잘못입니다. 영문에 제기해 보낸 것은 뜻에 맡길 뿐이라고 하신다면 그 간사한 승려로 하여금 문서를 이관하게 하는 것이 옳은 것입니다. 일일이 행관行關(비슷한 관서 이하로 보내는 공문이다)한 것은 무엇인지요. 세 번째 잘못을 범했는데도 승도에게 내려보낸다면 어찌 규정할 수 있겠습니까? 이理와 사事에는 분별이 있고 상하에는 나누어짐이 있습니다. 즉 팔도에 다섯 가지 규정을 공론함이 있다면 이로써 다 알 수 있으니 마땅하게 지난 일을 처리해야 합니다. 항에 합치되도록 이관移關하시길 청합니다. 살펴보고 시행하길 바랍니다. 관문이 잘 도착하길 바랍니다. 도내

승통 도광 20년(1840) 7월 17일. 관 원장(도장 날인)

道詵菴　本院留　小僧 性澗 謹上候書　謹封

艸衣 師主　大法座下　入納

表忠祠守護兼八道禪敎兩宗僧風糾正都院長爲相考事 宇活失其摠攝
帖文 都由授望作奸之過失 而旣爲上司之所處 則更無餘言是去乙 舊
院長新摠攝 擧名呈狀於不當呈處 萬萬痛駭是遺 身在糾正 而初不執
犯上之過是遺 恬受誣訴 轉報營門 有何私情乎 此其一失也 僧統一
道之糾正 院長摠攝八道之糾正 恣意擧名論報 此其二失也 營題起送
之意知委云爾 則使其幹事僧 文移知委 可也 擧名行關 何也 犯者三
失 而以下僧徒 何以糾正乎 理事有別 上下有分 則將有八道五糾正
之公論 以此知悉 宜當向事 合行移關 請

照驗施行 須至關者

右　關

道內僧統

道光二十年 七月 十七日

關 院長　(押)

　성활이 보낸 공문서에는 초의와 우활 사이에서 일어났던 분
쟁의 3가지 쟁점이 드러난다. 첫째, "우활宇活이 총섭첩문摠攝帖
文을 잃어버린 것은 모두 줄 것을 바라고 간사함을 일으켜 생긴

잘못"이라는 것이다. 그런데 초의는 "이미 상부관청上司에서 처리하셨다면 다시 여러 말을 할 것이 없거늘 구 원장이 새로 총섭을 맡으면서 일일이 부당한 상황을 상정"했기 때문에 일어난 불상사였다는 것이다. 그가 말한 구 원장은 초의를 말한다.

둘째, "자신이 규정糾正에 있으면서 처음에 상부를 범한 잘못을 잡지 못하고 안이하게 무고를 받아들여서 영문營門에 전보한 것이 무슨 사사로운 뜻이 있겠습니까마는 이것이 첫 번째 잘못입니다. 승통은 한 도道를 규정하고 원장은 팔도八道를 총섭, 규정하는 것인데 스스로 일일이 논하여 보고"했다는 점이 잘못이라는 것이다.

셋째, "영문에 제기해 보낸 것은 뜻에 맡길 뿐이라고 하신다면 그 간사한 승려로 하여금 문서를 이관하게 하는 것이 옳은 것입니다. 일일이 행관行關(비슷한 관서 이하로 보내는 공문)한 것은 무엇인지요"라고 반문하였다. 이는 해당 사안을 이관해 달라는 요청이다. 우활의 편지와 성활이 초의에게 보낸 공문서에 따르면, 대둔사 표충사 원장 임명에 관해 서로 다른 견해를 드러내고 있으며 표충사 원장 임명과 관련하여 상당한 분쟁이 있었다. 단순해 보이는 자료이지만 1840년경 대둔사에서 일어났던 분쟁을 자세히 살펴볼 수 있는 자료라는 점에서 의미가 있다.

참고로 성활性活(?~?)은 조선후기의 승려로, 쌍월雙月이라는 호를 썼다. 표충사와 수충사의 총섭總攝을 지냈다. 학식과 지행知行이 깊었고 두타행頭陀行을 즐겼다. 1852년(철종 3)에 『유마경維摩經』 3권과 『관무량수경觀無量壽經』 1권, 『아미타경』 1권을 판각하였다. 제자로는 철경鐵鏡 등이 있다.

17

금령 박영보의 남다병서

초의의 명성이 경향에 알려진 시기는 1830년경이다. 이 무렵 초
의는 스승 완호의 탑명塔銘을 받기 위해 상경하여 추사의 집에
머물렀다. 하지만 추사 집안에 변고가 생겼다. 바로 추사의 부
친 김노경金魯敬(1766~1837)이 유배된 것. 그러므로 초의는 더 이
상 추사의 집에 머물지는 못하게 되었다.

하지만 세상사 새옹지마塞翁之馬라, 초의는 홍현주洪賢周
(1793~1865)의 별서 청량산방에 머물렀고, 다음 해(1831) 홍현주
가 주최한 청량산방 시회에서 그의 시재詩才와 초의차를 세상
에 알리는 계기를 얻었다. 참으로 사람에겐 때를 얻는 것이 중
요하다.

1830년 금령錦舲 박영보朴永輔(1808~1872)가 지은 〈남다병서
(南茶幷序)〉는 경화사족들의 차에 대한 이해뿐 아니라 초의가 이

록한 선차의 복원이 당시 선비들에게 어떻게 평가되었는지를 알려준다. 이 자료는 〈남다병서〉 이외에도 〈몽하편夢霞篇〉 등 몇 편의 시를 시첩詩帖으로 묶었다. 크기는 16.8×23.5cm로 청대에 유행했던 화지를 썼으며, 박영보가 초의에게 증교證交를 위해 지은 것이다.

박영보의 호는 금령이다. 암행어사로 이름이 높았던 박문수 朴文秀(1691~1756)의 후손이며, 시서화 삼절로 칭송된 신위申緯 (1769~1845)의 제자로, 시문에 밝았다. 1862년 동지사冬至使로 연경을 방문하여 청의 선진화된 문물을 경험했고 공조판서를 거쳐 형조판서를 역임했다. 파행적인 세도 정국과 근대화 과정의 격랑 속에서 국가의 안위를 고민했던 문인이었고, 평소 차를 즐겼던 인물이다. 마침 초의차를 얻고서 그에게 나누어 주었기에 이 차를 스승 신위와 함께 즐긴 후 〈남다병서〉를 지은 것이다. 신위도 이 시에 화답하여 〈남다시병서南茶詩幷序〉를 지었다. 매우 드물게도 스승과 제자가 초의차를 감상한 후 서로 화운하여 다시茶詩를 지은 셈이다.

〈남다병서〉의 판본으로는 필자의 소장본과 반남박씨 문중에 보관된 금령의 친필본 문집 속에 수록된 〈남다병서〉가 있다. 〈남다병서〉의 두 판본에는 글자의 출입이 있다. 그러므로 필자의 소장본 〈남다병서〉의 소장본을 저본으로 하여 그 내용을 살펴보고자 한다.

남쪽에 나는 차는 영남과 호남 사이에서 난다. 초의가 그곳에 사니 정약용 승지와 김정희 교각이 모두 문자로써 교유하였다. 경인(1830)년 겨울 한양에 예방하실 때 예물로 가져온 손수 만든 차 한 포를 이산중이 얻었다는데, 그 차가 여기저기를 거쳐 나에게까지 오게 되었다. 차가 여러 사람을 거치면서 마치 금루옥대처럼 귀하게 여긴 지도 이미 오래되었다. 자리를 깨끗이 하고 앉아 차를 마시며 장시 20운을 지어 선사에게 보내니 혜안으로 정정하시고 아울러 화운을 보내주소서.

옛적에 차를 마시면 신선이 되었고
질이 낮은 사람도 청현한 사람됨을 잃지 않았네.
쌍정과 일주 차, 세상에 나온 지 이미 오래되었고
우전과 홍곡이란 (명차의) 이름이 지금까지 전해지네.
아름다운 다기茶器에 명차를 감상하여,
중국 차의 진미는 이미 경험했네.
우리나라에서 나는 차, 더욱 더 좋아
처음 돋은 차 싹, 여리고 향기롭다고 하네.
이르기는 서주시대요, 늦게는 지금이라
중외가 비록 다르지만 너무 서로 통한다네.
모든 꽃과 풀들은 각기 족보가 있으니

사람 중에 누가 먼저 차를 알았던 것일까.

신라의 상인이 당에 들어간 날,

만 리 길, 푸른 물결을 건너 배를 타고 (차 씨) 왔다네.

(강진 해남 땅, 호주나 건주지방 같다. 남쪽 바다와 산 사이에 흔히 있는데 강진

과 해남이 최고이다.)

한번 파종하여 버려두곤

꽃 피고 잎 지는 세월 부질없이 지났더니

공연히 천 년 동안 청산靑山에서 보냈네.

기이한 향기 오래도록 막혔다가 드러나니

봄에 딴 찻잎, 대 광주리에 가득하네.

하늘에 뜬 달처럼 둥근 작은 용봉단차는

법제한 모양이 비록 거칠어도 차 맛은 좋다네.

초의노사는 옛날부터 염불에 힘써서

농차濃茶로 응체를 씻고 진선을 참구하네.

여가에 글 쓰는 일로 깊은 시름을 밝혀

당시의 명사들이 존경하며 따른다네.

눈보라 치는 천 리 길을 건너온 초의

두강(차 이름) 같은 둥근 차 가지고 왔네.

오랜 친구, 나에게 절반의 단차를 보내니

그냥 둬도 선명한 광채, 자리에 찬란하다.

南茶 並序

南茶湖嶺間產也年
衣禪師甲逃史地茶
山水号及秋史闍學
啓隔以文字交爲庚寅
冬寄書于京師以手鍊
茶一包爲貺李山中
得之餉遺及我蔡元
閱人如金縷玉佛亦
之多失清辰一啜作
長句二十韻以寄
禪師慧眼正之 蓺禾

郭和

古有飲茶而登仙下者心失
爲清覽嘆升日注世已遠兩
前紅穀石今傳花瓷綠甌
陳珍賞真味中華已經
煎東國産茶二更好名如芽
出衲芳妍早或西周晚今
代中外陳別太相懸凡花
庸草永有諳土人誰識茶
之先鶴林兩翠入唐曰爵茶
凌波芳思船康南之地即
湖建 南方海山間多有之一云棍禪
海南出最也

遠山擣春花秋葉等閒度
空閣青山一千年矞雲鬱
況久而題探春茸玉寶
緣天上月抱小龍鳳法樣
清麾味則延　身永老師
古淨業濃若洗積春真
禪修車稌暑例寮辨一
明名士辭香走度雪瓢塵棨
度千里頭綱羡製玉團
圍投人贈到伴瓊玖撒手
的㗇光走進我生素麻即
水尼年淇骨冷清堅

三分焦食七分飲沈家薑
㭊瘦可憐伊且三月抱室
㩦掛聽松雨出饒㳤今朝一
薩洗腸胃滿室霏三緇霧
烟六烦桃花乞長老愧無
菊藘刪樂天
庚寅十一月邊o錦舲
朴永輔盥手和南

박영보가 지은 〈남다병서〉

나에게 수액인 차 마시는 버릇이 생겼으니

나이 들어 맑은 몸이 견고해졌네.

열에 셋은 밥을 먹고 일곱은 차를 마시니

집에서 담근 강초처럼 비쩍 말라 가련하구나.

이제껏 석 달이나 빈 잔을 잡고 있으니

물 끓는 소리만 들어도 군침이 도네.

오늘 아침, 차 한 잔에 마음과 몸 씻어내니

방 안 가득 차 향기 자욱하게 피어나네.

도화동 신선에게 오래 살기 비는 건 번거로우나

차가 없어 백낙천과 함께 시 짓지 못함이 부끄럽네.

1830년 11월 15일 금령 박영보 관수화남

南茶湖嶺間産也 草衣禪師雲遊其地 茶山承旨及秋史閣學 皆得以文

字交焉 庚寅(1830)冬來訪于京師 以手製茶一包爲贄 李山中得之 轉

遺及我 茶之閱人 如金縷玉帶 亦已多矣 淸座一啜 作長句二十韻 以

寄禪師 慧眼正之 兼求郢和

古有飮茶而登仙 下者不失爲淸賢

雙井日注世已遠 雨前紅穀名今傳

花瓷綠甌浪珍賞 眞味中華已經煎

東國産茶茶更好 名如芽出初芳姸

早或西周晚今代 中外雖別太相懸

추사 김정희의 《명선(茗禪)》.
'차를 마시며 선에 들다'란 의미이며, 추사의 현존하는 글씨 중 가장 큰 글씨다.

중국 중당의 시인 백락천 초상

凡花庸草各有譜　土人誰識茶之先

鷄林商客入唐日　携渡滄波萬里船

康南之地卽湖建　一去投種遂如捐

(南方海山間多有之康津海南其最也)

春花秋葉等閒度　空閱靑山一千年

奇香鬱沈久而顯　採春筐筥來贏緣

天上月揚小龍鳳　法樣雖麤味則然

草衣老師古淨業　濃茗洗積參眞禪

餘事翰墨倒寥辨　一時名士瓣香處

雪飄袈裟度千里　頭綱美製玉團圜

故人贈我伴瓊玖　撒手的皪光走筵

我生茶癖卽水厄　年深浹骨冷淸堅

三分飱食七分飲　沈家薑椒瘦可憐

伊來三月抱空椀　臥聽松雨出饞涎

今朝一灌洗腸胃　滿室霏霏綠霧烟

只煩桃花乞長老　愧無菊蘁酬樂天

庚寅　十一月　望日　錦舲　朴永輔

盥水和南

〈남다병서〉는 서문과 장시로 구성되어 있다. 서문에서는 시를 짓게 된 동기와 초의에 관한 설명을 간략하게 피력하였다. 시의 제목에서 '남다南茶'란 바로 남쪽에서 나는 차로 초의가 만든 차를 지칭한 것이다.

무엇보다 박영보는 차 애호가였다. 그는 "오늘 아침, 차 한 잔에 마음과 몸 씻어내니 / 방 안 가득 차 향기 자욱하게 피어나네"라고 했다. 초의가 만든 차는 그에게는 군침이 돌게 하는 차였다. 그뿐 아니라 "초의노사는 옛날부터 염불에 힘써서 / 농차濃茶로 응체를 씻고 진선을 참구하는"이라는 구절에서는 초의를 선승으로 그렸다. 시에 드러나는 초의의 모습은 "눈보라 치는 천 리 길을 건너온 초의 / 두강(차 이름) 같은 둥근 차 가지고 왔던" 사람이었다. 그는 속진을 씻어주는 차를 이들에게 공여한 사람이다. 결국 차란 사람에게 언제나 유익한 정신 음료인 것이다.

18

자하도인 신위의 남다시병서

신위 申緯(1769~1845)는 초의와 교유했던 인물로, 조선후기 대표
적인 문인이다. 시·서·화 삼절三絶로 칭송받았던 그는 강세황
姜世晃(1713~1791)의 제자로 대나무 그림을 잘 그렸다. 그가 1812
년 주청사 서장관이 되어 연경을 방문했을 때, 옹방강翁方綱
(1733~1818)을 만나 고담古談을 나눈다. 그가 옹방강을 만난
것은 추사 김정희(1786~1856)가 전별시를 지어 조언했기 때
문일 것이다.

신위가 초의를 만난 것은 1831년 홍현주洪顯周(1793~1865)의
청량산방에서다. 당시 신위는 홍현주의 부탁으로 초의의 스승
인 완호의 탑명塔銘과 글씨를 쓰기로 했다. 하지만 귀양을 가는
바람에 완호의 탑명과 글씨를 완성하지 못했다. 1858년이 되어
서야 권돈인權敦仁(1783~1859)이 탑명의 글씨를 완성하여 완호

탑을 세웠다.

신위와 초의의 인연은 신위가 1830년 용경 별장에서 쓴 「남다시병서 南茶詩幷序」에서 특히 빛난다. 그의 이 다시 茶詩는 제자 박영보의 「남다병서」에 화운해서 초의차를 칭송한 것이다. 스승인 신위와 제자 박영보가 초의차를 맛본 후 화운하여 시를 지었다. 이후 신위는 초의를 적극 지지하였으며 조언을 아끼지 않았다. 추사와 더불어 신위는 초의차의 완성에 큰 도움을 주었다. 그는 초의가 이룩한 차문화의 중흥을 "오백 년 만에 집대성"한 인물이라 평가했다.

유려한 문체가 돋보이는 신위의 다시는 조선후기 사대부의 차에 대한 인식을 엿볼 수 있다는 점에서 의미를 지닌다. 긴 두루마리 형태인 「남다시병서 南茶詩幷序」는 크기가 23.6×78cm이다. 병서 幷序는 서문이 함께 수록되었다는 의미다. 앞서 소개한 박영보의 「남다병서 南茶幷序」와 같은 구조의 다시 茶詩이다. 그 상세한 내용은 다음과 같다.

남다는 호남과 영남에서 나는 것이다. 신라시대(勝國)에 사람들이 중국[中州]에서 차 씨를 가져와 산과 골짜기에 파종하였다. 종종 차 싹이 돋았지만 후인들은 쓸모없는 잡초라 여겨 그 (차의) 참과 거짓을 분별할 수 없었다. 근래에 차가 나는 산지의 사

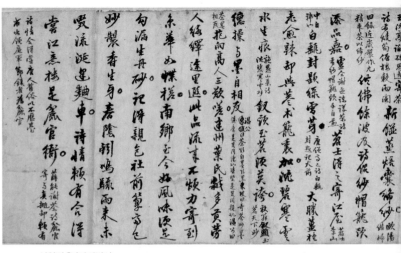

신위의 「남다시병서」

람들이 차를 따다가 (차를) 달여 마셨으니 (이것이) 곧 차이다.

초의는 몸소 차를 만들어 당대의 명사에게 보냈는데 이산중이

(차를) 얻어 금령에게 나누어 주었다. 금령이 나를 위해 (차를)

달여 맛보았다. 이로 인해 (그가)「남다가」를 지어 나에게 보이

니 나 또한 그의 뜻에 화답하노라.

내 삶은 담박하나 차벽茶癖이 있는데

(차를) 마시니 정신이 환하네.

용단봉차는 모두 가품이라

화려한 그릇에 낙장酪漿은 쓸데없이 너무 사치하네.

한 잔의 차로도 기름진 음식 씻어내

겨드랑이에서 바람이 일어남은 옥천자(노동)가 경험했네.

아득한 강남, 육우(陸羽)를 생각하며

홀로『다경』을 품고 은밀히 베꼈네.

금령은 늦게 나를 불러(초금관은 금령의 당호이다)

질화로를 가져다가 먼저 차를 달이네.

이 차 씨 영호남에 파종해

푸른 산에서 천년을 홀로 피고 맺네.

스님들 이리저리 이끼처럼 밟고 다니고

나무꾼은 (차나무를) 베고 또 쪼개내네.

南茶詩幷序

南茶湖巖□□□產□勝國時人以
州茶種播諸山谷之方種之有萌芽
者然後之人以蓮□之屬祝之不能
辨其真贋王為土人採之盡召飲
之乃以草衣禪師熟親自蓮焙
以遠一盃名至李山中浮之分于錦□
錦於為余蓋嘗因以南茶歌□□
無和其意焉
平生溺味癖於茶。飲歠令人神氣

「남다시병서」 부분

아는 사람 없는 골짜기 난향처럼 은근한 향기,

초의선사 차 따기에 두 손이 분주하다.

승루에는 곡우절 봄비 내리고

(왕완정의 「사손사원시謝孫思遠詩」에 "근래에 보낸 차, 어린 싹으로 만들었고

승루는 곡우 비에 막혔네"라는 구절이 있다)

새로 만든 떡차, 붉은 비단에 쌌네.

(구양수의 「귀전록歸田錄」에 "근래 만든 차 더욱 정미해 붉은 비단으로 차를

쌌다"라고 하였다)

부처께 공양하고 남은 차는 시인의 벗이요,

묵객의 품격을 아름답게 높여주네.

(노동의 「사맹간의다시」에 "사모 쓰고 손수 차를 달인다"라는 구절이 있다.)

이산중이 얻어서 강옥의 금령에게 보내니(초사는 이산중의 자호이다.)

봉한 백자 항아리에는 녹설이라 썼네.

(당나라 승려 재이의 시에 "봉한 백자 항아리에 화전이라고 썼다네"라고 하였다.)

생강과 계피는 묵을수록 맵고

삼과 창출 그릇 안에서 약효가 더해지는 것보다 훨씬 낫네.

푸른 하늘 흰 구름에 물결 흔적이 남아 있고

(시우산의 다시에 "찬 구름 삼나무에 푸른빛이 더하다"라고 하였다)

화려하게 장식한 옥명차, 자태를 뽐내지 말라.

(옹방강은 "화려하게 장식한 옥명차가 세상에서 가장 신묘하다"고 하였다)

차와 먹은 상반되지만 그윽한 향, 단단함은 서로 같아서

(온공이 이르기를 "차는 희어지려 하고 먹은 검어지려 한다"고 하였고 동파는

"기이한 차나 은은한 먹은 모두 향이 있어서 그 덕이 같으며 모두 견고하니 절

개가 같다"고 하였다. 온공은 "차와 먹은 상반된다"고 하였다)

(차를) 끼고 가는 고상한 사람, 몇 번이나 감탄했네.

차꽃

건주의 섭씨 해마다 공물이 많아

차를 지고 가는 사람 먼 길까지 이어졌네.

이 차의 유래야 사람을 번거롭게 하는 것이 아니었지만

경화에 부쳐온 것 마치 나비 떼처럼 많아라.

남쪽은 지금 풍미가 좋을 때니

이는 구루지역에서 단사가 나오는 격이라.

몸소 차를 포장하던 일 떠올리니

제이가 만든 묘한 차처럼 치아 사이로 차향이 피어나네.

이월에 주룩주룩 소나기 오는데

누룩수레 만나도 철철 넘치게 마시지 못하여 침만 흘리네.

시정詩情이 뜻에 맞는 건 (차를) 맛봄과 부합하는 것이니

금령이 있는 강의루가 곧 추관아라네.

(설능의 「사다謝茶」 시에 추관이 "진발에게 부친 것은 도리어 시정에 합치됨을

맛봄에 있다"고 하였다. 당나라 사람들의 구속舊俗에는 대성출령과 군절진軍

節鎭을 거치지 않은 자를 추관아麤官衙라 한다)

南茶湖嶺間所産也 勝國時人 以中州茶種播諸山谷之間 種種有萌芽

者然後 之人以蓬蒿之屬 視之 不能辨其眞贋 近爲土人採之 煎而飮

之 乃茶也 草衣禪師親自蒸焙 以遺一時名士 李山中得之 分于錦舲

錦舲爲我煎嘗 因以南茶歌示余 余亦和其意焉

吾生澹味癖於茶 飮啜令人神氣華

선이 고운 백자 항아리

龍團鳳尾摠佳品 酪漿金盤空太奢

假此一甌洗梁肉 風腋來從玉川家

江南迢遞憶桑苧 獨抱遺經書密斜

茗錦主人(茗錦館 錦舲室名)夕邀我 先將土銼生澹霞

爲言此種種湖嶺 碧山千年空結花

雲衲踏盡等莓苔 樵童艾去兼杈枒

無人識得谷蘭馨 草衣掬撷雙手叉

僧樓縠雨細飛節(王阮亭謝孫思遠詩寄茶有燒筍僧樓縠雨闌) 新餅蒸焙囊

絳紗(歐陽脩歸田錄近歲製作尤精束茶以絳紗)

供佛餘波及詩侶 紗帽籠頭添品嘉(盧仝謝孟簡儀茶詩 有紗帽籠頭手自煎)

茗士得之寄江屋(茗士李山中自號也) 白甄封題綠雪芽(唐僧齊已詩 白甄封題

記火前)

大勝薑桂老愈辣 却與蓼尤籠裏加

沈碧寒雲水生痕(施愚山茶詩沈碧寒雲杉) 釵頭玉茗須莫誇(方翁釵頭玉茗

天下妙)

德操與墨自相反 抱向高人三歎嗟

(溫公曰茶欲白墨欲黑 東坡曰奇茶妙墨俱香 是其同德也 皆堅是其同操也 溫公曰

茶墨相反)

建州葉氏歲多貢 勞人絡繹途里遐

此品流來不煩力 寄到京華如蝶槎

신위의 묵죽도

이 차 씨 영호남에 파종해 / 푸른 산에서 천년을 홀로 피고 맺네. / 스님들 이리저리 이끼처럼 밟고 다니고 / 나무꾼은 (차나무를) 베고 또 쪼개네. / 아는 사람 없는 골짜기 난향처럼 은근한 향기…….

南鄕到今好風味 便是句漏生丹砂

記得親包社前箳 齊已妙製香生牙

春陰蚓鳴驟雨來 未啜流涎逢㷦車

詩情賴有合得嘗 江意樓是㷦官銜

(薛能謝茶詩 㷦官寄與眞抛却 賴有詩情合得嘗 唐人舊俗以不歷臺省出領兼軍

節鎭者 爲㷦官)

조선후기 차는 불로장생의 명약이라는 인식이 있었던 듯하다. 그래서 신위는 차를 따는 계절이 오면 마치 "구루지역에서

단사가 나오는 격"이라 했다. 단사丹砂는 신선이 양생을 위해
만드는 약의 원료이다.

　당시 초의차는 어떤 맛과 품격을 갖춘 차였을까. 초의차를 직
접 맛본 신위는 "치아 사이로 차향이 피어났다"고 증언한다. 마
치 당대 승려 제이가 만든 차처럼 향기로웠다는 것이다. 당시
초의와 교유했던 경화사족들은 신위가 내린 초의차의 평가를
인정했을 것이다.

19

유산 정학연의 〈일속산방기〉

치원厄園 황상黃裳(1788~1863)은 다산茶山 정약용丁若鏞이 강진
유배 시절 양성한 첫 제자로, 시에 능했다. 학계에서는 그가 다
산의 시학을 이었다고 평가한다. 황상은 천박한 시대 환경을 학
문으로 극복한 인물이다.

황상은 아전의 자제로 궁벽한 강진에서 태어나 조선후기 엄
격한 신분 사회에서 오직 공부로 향상일로向上一路를 꿈꿨다. 그
의 버팀목이 되어준 사람은 다산이라는 시대의 거목이었다. 황
상은 자질이나 공부에 대한 열의로는 충분히 동량棟梁이 될 조
건을 갖추고 있었지만, 세상을 이롭게 할 기회를 얻을 수가 없
었다. 중인이라는 그의 신분으로는 아무리 뛰어난 자질과 지혜
를 갖췄다 하더라도 제도의 한계를 넘을 수가 없었다. 그럼에도
불구하고 스승의 가르침을 따라 날로 향상된 안목과 지혜를 키

웠던 그는 격물치지格物致知를 이룬 요순堯舜 시대의 백성이 분명했다. 한평생 스승에 대한 충심衷心을 저버리지 않았던 그의 행실은 신의를 실천했던 증표였다. 그와 스승 다산, 그리고 다산가와 맺었던 아름다운 교유의 정은 다산이 해배될 무렵 제자들과 맺은 〈다신계〉나 다산이 황상에게 써준 증언첩贈言帖, 그리고 유산 정학연丁學淵(1783~1859)의 글에서 더욱 빛을 발한다. 아울러 1845년에서 맺은 정황계丁黃契는 두 집안이 대대로 신의를 지키고자 했던 의지를 드러낸 것으로, 스승을 향한 그의 신망이 어떠했는지를 드러낸 것이다.

한편 다산이 다산초당에서 강학과 집필에 매진하던 시기, 황상은 가족을 데리고 강진 소재 백적산 아래에 살면서 세상일에 관심을 두지 않았다. 오직 겨울과 밤, 비가 내리는 날, 한가한 여가를 틈타 종신토록 글을 읽고 시를 지으며 소일했다. 그가 머문 오두막이 바로 '일속산방一粟山房'이다. 일속산방은 그가 살던 집의 당호堂號로, 정학연이 지어주었다. 무엇보다 황상의 굳은 의지나 열망, 이상이 고스란히 담긴 글은 「치원유고巵園遺稿」에 수록되어 있다.

황상은 초의와도 깊은 정을 나눴는데, 둘의 만남은 1809년 다산초당에서 이루어졌다. 이후 이들의 교유는 무슨 연유에선지 이어지지 못하다가 40년이 지난 1849년에야 재개된다. 황상이 마현의 다산 생가를 방문한 후 강진으로 돌아와 초의를 찾아간 것이다. 「치원유고厄園遺稿」 속에 수록된 〈초의행草衣行〉과 〈걸명시乞茗詩〉가 바로 이 무렵에 지은 것들이다. 초의 또한 이 시에 화운和韻해서 〈일속암가一粟菴歌〉를 남겼고 〈차운기답일속암주인次韻寄畣一粟菴主人〉이라는 시를 지어 서로의 우정을 이어갔다.

이번에 소개할 〈일속산방기一粟山房記〉는 황상의 집 당호堂號를 일속산방이라 짓게 된 연유를 상세히 기록한 유산 정학연의 글이다. 유산의 〈일속산방기〉는 당시 대흥사나 다산의 제자들, 그리고 초의와 교유했던 사람들 사이에서 필사해 두고 읽었던 글 중의 하나라 여겨진다. 초의가 소장했던 〈일속산방기一粟山

房記〉는 분명 누군가가 필사해둔 자료일 것이다. 또 그 글씨체가 추사체를 닮았다. 물론 황상과 추사는 서로 알고 지낸 사이로, 일찍이 추사는 황상의 시집에 〈치원시고후서巵園詩藁後序〉를 쓰기도 하였다. 그러므로 추사의 글씨일 가능성도 배제할 수는 없다. 추후 서체에 대한 연구가 필요하다.

〈일속산방기一粟山房記〉의 크기는 23.9×25.8cm로, 다른 자료와 합첩合帖한 서첩書帖 속에 들어 있던 자료이다.

을묘년(1856)에 나의 형제 중에 상을 당한 슬픔이 있어서 문을 닫고 아파했습니다. 작은 길에는 푸른 이끼가 가득하고 이리저리 떨어진 낙엽이 계단을 이루고 있습니다. 가을에는 마음이 처연하고 숙연하여 모든 감정이 다 일어납니다. 홀연히 치원 황상이 문을 열고 들어오니, 마치 빈 골짜기에 들을만한 소리가 있는 듯할 뿐 아니라 아픔도 갑자기 줄어들어 기쁨을 느낄 만합니다. 황상은 우뚝하게 뇌락한 모습을 저버리고, 출세한 벼슬아치와 귀인들과 노는 것을 부끄럽게 여겨 다만 나만을 서로 좋아합니다. 매번 한번 생각이 미치면 문득 까끄라기가 핀 짚신과 해진 축筑(악기 이름)을 구부정히 지고서 천리를 걸어서 나의 한가하고 거칠고 엄숙한 이곳을 찾아왔습니다. 젊은 사람도 오히려 어려울 것인데 하물며 칠십이 된 노인이랴. 그 뜻이 족히 오랜 옛날에나 있을 뿐입니다.

 황상은 집안 살림살이를 능숙하게 다스리기를 좋아하지 않으며 다만 홀로 시를 짓는 것을 좋아하여 세상에서 글 하는 사람들은 모두 우활迂闊하다고 비웃고 아끼지 않았다. 거처를 백적산 중에 집을 짓고 즐기고 휴식하며, 시를 쓰는 장소로 삼아 대개 노닐며 소요한다. 나에게 그 집의 이름을 부탁하고 기記를 써달라고 하였다. 나는 곧 그곳을 일속산방一粟山房이라 하였다. 아! 세상이 커서 몇 만 리가 되는지는 모르겠지만 인물과 초목과 금수가 살며, 또 몇 천만 리인지를 알지 못하니 이것을 대괴大塊라 한다. 그러나 창해滄海로부터 보면 작은 한 줌의 흙이니 하물며 다른 것이랴. 황상이 사는 산은 바다 모퉁이에 치우쳐

다산 정약용 영정(김호석 作)

있으니 낟알 하나에 불과할 뿐이다. 큰땅大塊에는 사람이 초목,
짐승보다 커서 그 통달하여 풍운과 더불어 넉넉하니 공경으로
하여금 당세에 그 위엄을 두려워하게 하고 그 은혜를 생각하니
우뚝이 크지 않은 것이 아니다. 달인으로부터 본다면 모두, 마
치 일 순간의 틈에 있는 쭉정이 겨, 흙에 떨어진 삼 씨, 몽환, 허

공의 구름 같은 것이니 더 말해 무엇 하랴. 늙은 황상은 나무와 돌과 더불어 만나는 것이 아니라 바다와 강가의 적막한 땅에서 귀뚜라미와 지렁이의 울음소리를 이웃으로 삼았으니 또한 낱알 하나에 불과할 뿐이다. 비록 그러나 우산遇山에게 말하길 '천 길을 높이 나는 봉황, 나뭇가지에 뱁새가 깃들어 각자 그 알맞은 곳에 나가서 하여금 사는 곳을 바꾸어 그 의지할 곳을 잃었다'고 하였으니 즉 맞지 않는다. 지금 황상은 낱알처럼 작은 몸으로 낱알 같은 작은 산에 살며, 앞을 쓸고 차를 달이고 시를 짓는 것을 그치지 않는다. 시가 더욱 아름다워지고 글 또한 더욱 더 묘해져서 조용하고 여유로우며 담담하게 맑다. 지금 세상을 멀리하고 작게 여기며 부귀를 뜬구름처럼 여긴다. 우산遇山이 말한 봉황이 뱁새보다 즐겁고 한 가지가 천 길보다 낮게 여긴다. 나는 천 길과 한 가지와 대괴와 낱알 하나를 알지 못한다. 애오라지 일순간에 알맞은 것을 취할 뿐이다. 대저 누가 알 수 있을까. 1856년 12월 유산이 쓰다.

乙卯余有鶡原之戚 閉戶吟病 蒼苔滿徑 荒葉凝階 秋懷凄然 蕭然百感振觸 忽見扊園 黃子披戶而入 不啻若空谷足音 病爲之頓減 喜可知也 黃子負嶔崎歷落之骨 恥與達官貴人遊 而獨於余相善 每一意到 輒以芒屬枯筇 佝僂然徒步千里 而訪余于荒寒瑟居之中 少壯者 猶難之 而況七十老叟乎 其意足千古也已 黃子不善治家人產 且獨喜

詩者 文詞人皆笑其迂 而不卹 作一屋於所居白磧山中 以爲宴息吟

哦之所 蓋徜徉自放焉 屬余名其屋 且爲記 余乃署之日 一粟山房 噫

天下之大 不知爲幾萬里 有人物草木禽獸 又不知爲幾千萬 是謂之大

塊 然自滄海而觀之 渺然一拳土 何況乎 黃子所居之山 僻在海隅 則

不過一粟而已 所謂大塊之中 人惟大於草木禽獸者 以其達而與風雲

富 而使公卿當世其威懷其惠 非不巍然大也 自達人觀之 儘如秕穅

土苴夢幻雲空 於一瞬俄頃之間 何況乎 黃子之老 白首無所遇 與木

石爲隣 蚓叫螀唅於海壖寂莫之鄉 則亦不過一粟而已 雖然 施愚山

"낱알처럼 작은 몸으로 낱알 같은 작은 산에 살며, 앞을 쓸고 차를 달이로 시를 짓는 것을 그치지 않는다. (중략) 나는 천 길과 한 가지와 대괴와 낱알 하나를 알지 못한다. 애오라지 일순간에 알맞은 것을 취할 뿐이다. 대저 누가 알 수 있을까."

日 鳳凰之翔千仞 鷦鷯之棲一枝 各適其適 使易地失所憑 則皆不適

也 今黃子以一粟之身 處一粟之山 掃葉烹茗 吟諷不輟 詩益工 文益

妙 蕭閑而澹 遠藐今鄕雲富貴 愚山所謂鳳凰之樂於鷦鷯 一枝之卑

於千仞 余未可知 而千仞與 一枝與 大塊與 一粟與 聊以取適於一瞬

而已 夫孰得以知之 乙卯 嘉平月　酉山 記

　유산은 "을묘년(1856)에 나의 형제 중에 상을 당한 슬픔"이 있
었다고 했다. 이는 1856년 세상을 떠난 정학유(1786~1855)를 두
고 말한 것이다. 유산과 정학유는 형제의 정이 깊었던 사이였으
니 그 슬픔이 오죽했으랴. 이처럼 가슴이 아려오는 슬픔을 위로

할 수 있는 사람이 바로 황상이었다.

황상은 일민逸民으로, "출세한 벼슬아치와 귀인들과 노는 것을 부끄럽게 여겨 다만 나만을 서로 좋아"했다. 다만 "홀로 시를 짓는 것을 좋아하여 세상에서 글 하는 사람들은 모두 우활迂闊하다고 비웃고 아끼지 않았다. 거처를 백적산 중에 집을 짓고 즐기고 휴식하며, 시를 쓰는 장소로 삼아 대개 노닐며 소요했던"것이다. 결국 일속산방이란 바로 황상의 인품과 소요의 미덕을 실현했던 은신처였던 셈이다.

그렇다면 일속산방이란 무슨 의미가 담겨 있는 것일까. 유산은 일속산방의 의미를 다음과 같이 정의했다. (황상은) "바다와 강가의 적막한 땅에서 귀뚜라미와 지렁이의 울음소리를 이웃으로 삼았으니 또한 낱알 하나에 불과할 뿐"이며, (황상은) "낱알처럼 작은 몸으로 낱알 같은 작은 산에 살며, 앞을 쓸고 차를 달이고 시를 짓는 것을 그치지 않는다. 시가 더욱 아름다워지고 글 또한 더욱더 묘해져서 조용하고 여유로우며 담담하게 맑다. 지금 세상을 멀리하고 작게 여기며 부귀를 뜬구름처럼 여기는" 일상을 살았기에 일속산방이라 명명했던 것이다.

시를 지으며 한가한 삶을 지향했던 황상의 시는 여유롭고 담담했으며 맑았다. 그의 삶도 시처럼 담박했으리라. 추사는 〈치원시고후서巵園詩藁後序〉에서 "지금 세상에는 이런 작품이 없다

(余曰今世無此作矣)"고 극찬했다. 당시 황상의 시는 "사람들이 칭송하는 두보杜甫와도 같고 한유韓愈와도 같으며 소식蘇軾·육유陸游와도 같다는 것을 장황히 늘어놓아 찬양하였으니 황상의 시에는 더욱 더할 수 없이 했다. 나는 또 무슨 말을 하겠는가(至以人所稱揚之似杜似韓似蘇﹐陸者°張皇贊道之°其於叟之詩°尤無以加矣°余又何說矣)"라는 평가를 받았다. 고금 상하를 통했던 황상의 시품詩品은 분명 다산의 영향과 황상의 노력이 있었기에 가능했으리라.

20

추사 김정희의
「치원시고후서」

조선후기 황상(1788~1863)은 다산 정약용이 강진 유배 시절에 기른 첫 제자에 속한다. 시에 밝았던 그는 스승에 대한 의리를 평생 잊지 않았다. 『완당선생전집』 권6에 수록된 「치원시고후서巵園詩藁後序」에 따르면, 황상은 자신이 지은 시에서 골라 편집한 시 뭉치를 들고 추사 김정희(1786~1856) 형제를 찾아가 질정을 요청했다고 한다. 그러므로 추사가 이 글을 쓴 것인데, 초의도 이 글을 필사해 보관했던 듯하다. 초의가 소장했던 「치원시고후서」와 『완당선생전집』 「치원시고후서」를 비교해보니 『완당선생전집』에는 상당 부분 생략되어 있었음이 확인된다. 특히 초의가 소장했던 「치원시고후서」 본은 추사체를 방불하는 서체로 필사되었다는 점에서 초의 주변의 인물 중 추사체를 공부한 인물이

필사한 것으로 추정된다. 필사본 「치원시고후서」의 크기는 24.3 ×20.9cm이며, 그 내용은 아래와 같다.

황군 제불帝韍(황상의 호)은 20세弱冠에 시詩에 능했다. 지금 나이도 칠십이나 되어 늙었는데도 더욱 시에 힘써 시가 더욱 공교工巧하며 치원시고巵園詩稿 수권數卷을 손수 편정編定하였다.

황군은 젊어서 다산에게 배워 수십 년을 부지런하게 따랐으며 또한 그러한 사람을 따라 유산 형제 같은 이들과 교유하니 소위 걸으면 따라 걷고 빨리 걸으면 따라 빨리 걷는 자이다. 그 시가 다산의 규범을 떠난 것은 아닌데도 곧 하나도 비슷한 것이 없는 점이 나는 다르다고 생각했다.

따라 들어가는 바를 물으니 말하기를, 옛날에 들으니 스승께서 말씀하시기를 '두보, 한유, 소식, 육유의 사가四家는 천고에 뽑을 만한 사람들이니 사가四家를 버리고 시를 짓는다면 바른 규범이 아니다'라고 하셨다. '스스로 다른 집의 근방에도 가지 않고 마침내 전심으로 사가四家의 시를 읽은 것이 거의 오십여 년이나 되었다' 하니 내가 더욱 이상하게 여겼다. 대저 사람은 각기 뜻이 있고 또한 각각 정이 있어서 만나는 때와 처한 경우도 각기 다르니 즉 후인의 말이 반드시 앞사람과 다 같지는 않아서 그 어떤 물건을 말한 것이다.

지금 황군의 시는 어근버근하게 혼자 만들어 스스로 베틀과 북에서 나와서 생각의 길이 멀고 만든 말이 세련되지 않아 읽는 사람들에게 마치 갑자기 황림과 절애에 들어가 마음으로 놀라고 머리털이 젖지만 천천히 풀어보면 생기가 이리저리 뚫리고 진력이 더욱 가득차서 마치 풀이 새 달에 처음 나온 것 같으며 옥이 윤기가 흐르며 정신이 산천을 보는 것과 같게 한다. 즉 오십 년 동안 사가四家를 전심專心하여 멀리는 두보와 비슷하고 한유와 비슷하며 소식과 비슷하고 육유와 비슷하며 가까이는 다산을 닮기를 구했지만 모두 똑같이 만들지 않고 그 치원의 시를 만들었을 뿐이다. 그 물건됨을 믿을 수 있다.

하지만 황군은 그 생각이 고인과 다른 것은 아니며 서로 닮고자 하지 않았다. 그가 오십 년 동안 사가四家에 전심하여 여기에서 성명性命을 만들었으며 여기에서 침식하였으니 물건이 다른 것을 보지 않고 옮긴 것이라고 한다. 정과 뜻은 마음에서 나온 것이며, 때와 상황은 몸에 가까운 것이니 스스로 능히 사가四家의 정신을 만나서 마음으로 깨달은 것이며, 스스로 유물이 흩어지고 뿌려짐을 알지 못한 것이로다. 앞서 능히 이것을 성취하여 두보, 한유, 소식, 육유도 아니며 아울러 다산의 시도 아니다. 이것은 사가를 잘 배우고, 또한 다산을 잘 배운 것인가.

그러나 황군이 아직 스스로 그 나아갈 바를 믿지 못하는 것은

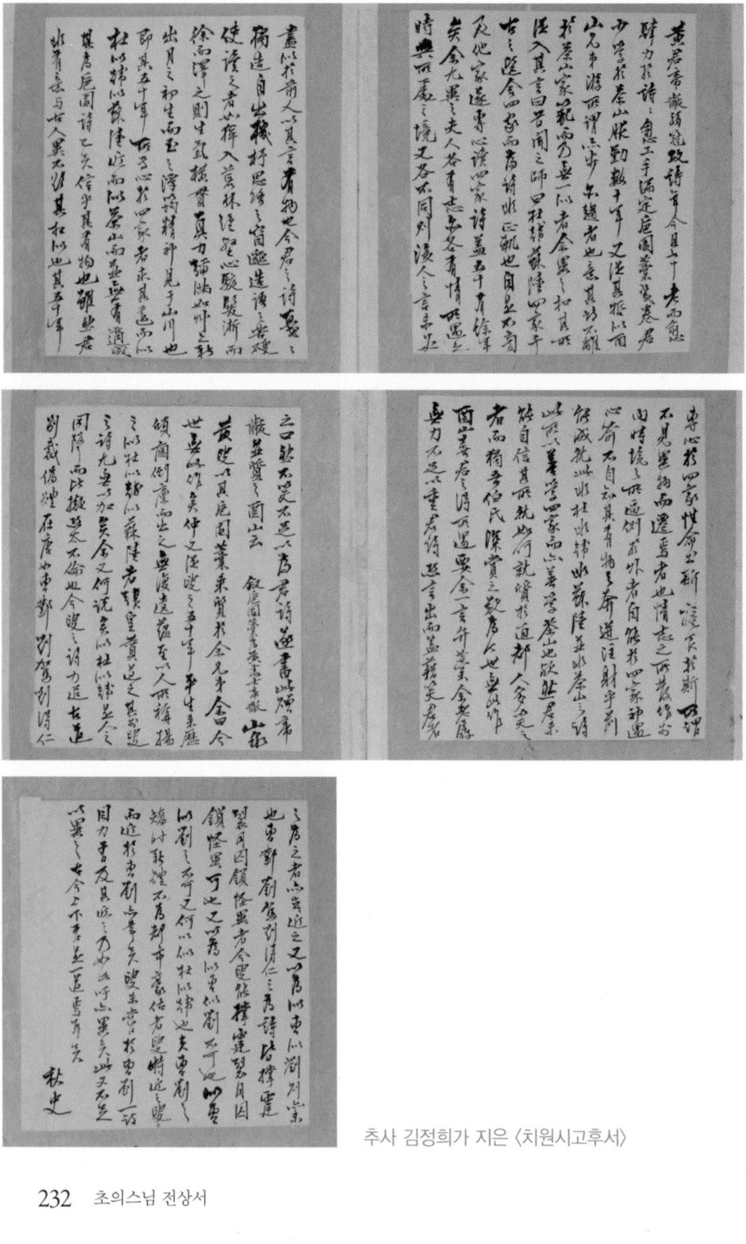

추사 김정희가 지은 〈치원시고후서〉

무엇인가. 나아가 거리의 다니는 사람에게 물으면 비웃는 자가 많고 오히려 나의 형만이 깊이 감탄하여 지금 세상에서 이렇게 짓는 사람이 없음을 탄식하였다.

유산이 황군을 얻고 만난 것을 기뻐하여 나에게 한마디 말과 글을 요구하였다. 내가 늙고 힘이 없어서 황군의 시에 거듭 하기는 부족하다. 말을 하면 그대의 입가에서 웃음이 낭자할까 두렵다. 그러나 웃지 말고, 부족하지만 그대의 시를 위해 마침내 이 것을 써서 황상(제불)에게 주며, 아울러 유산도 참고해 주기를 바란다(치원시고에 서문을 쓰는 것은 황 처사 제불을 위해서이다).

황수黃叟가 그의 시 치원고屁園藁를 가지고 와서 나의 형제에게 질정質正하므로 나는 '지금 세상에는 이런 작품이 없다'고 말했다. 내 아우는 또 황상(叟)의 오십 년 평생 내력에서부터 시작하여 아낌없이 있는 대로 다 털어내어 다시 남겨둔 것이 없었다. 심지어 사람들이 칭송하는 두보杜甫와도 같고 한유韓愈와도 같으며 소식蘇軾·육유陸游와도 같다는 것을 장황히 늘어놓아 찬양하였으니 황상의 시에 있어서는 더욱 더할 수 없이 했다. 나는 또 무슨 말을 하겠는가.

그러나 두보와도 같고 한유와도 같다는 것은 본시 사람들이 이구동성으로 하는 말이요, 내 아우가 초창하여 비유한 것은 아니다. 그렇기는 하지만 나는 유독 시인하는 반면에 부인도 곁따

추사 김정희의 〈침계〉. 추사가 제자인 침계 윤정현에게 써준 편액

른다. 두보는 시에 있어 만상萬象이 혼륜混侖하여 아무리 한유韓나 또는 소식蘇·육유陸라도 같게 할 수 없는 것이며 소식·육유가 한유에 있어서도 역시 같게 할 수 없다. 비록 사람들이 소리를 동일하게 하여 비의比擬한다 해도 너무나 어울리지 않을 성싶다. 지금 황상의 시는 힘써 고도古道를 따르고 위체僞體를 별재別裁하였으니 당唐에 있어서는 조업曹鄴·유가劉駕·유득인劉得仁이 한 것과 같다는 것은 혹 근사하다 하겠지만 그렇다고 해서 또 조업과 같고 유가와 같다고 한다면 역시 아니다. 조엄, 유가, 유득인이 시를 하는 것은 모두 번갯불을 떠받고 달을 찢고 괴이怪異를 수쇄囚鎖한 것들인데 지금 황상은 능히 번갯불을 떠받고 달을 찢고 괴이를 수쇄한다는 것은 옳겠거니와 또 조업과 같고 유가와 같다고 한다면 불가하다. 조업과 같고 유가와 같다고 해도 불가한데, 또 어떻게 두보와 같고 한유와 같다고 할 수 있겠

는가. 무릇 조업·
유가의 그 당시 신
체新體를 바로잡아
도시의 호고豪估
를 위하지 않은 것
만은 황치원이 특
별히 가깝고 황치
원도 조업·유가에
가까우니 역시 다

중국 남송 시대의 대표적 시인 육유
(陸游, 1125~1210)

행인 것이다. 치원이 일찍이 조·유의 시를 한번 보고 미치기에
힘쓴 적도 없었는데 그 가까운 것이 곧 이와 같으니 아, 또한 이
상하다. 이것은 또 이상하다 하기에는 부족하니 옛날과 지금,
위와 아래에 이르도록 이 일도一道가 있는 것이다. 추사.

黃君帝戱 弱冠攻詩 年今且七十 老而愈肆 力於詩 詩愈工 手編定卮
園藁幾卷 君少學於茶山 服勤數十年 又從其哲 似酉山兄弟游 所謂
亦步亦趨者也 意其詩不離於茶山家範 而乃無一似者 余異之 扣其
所從入 其言曰 昔聞之 師曰 杜韓蘇陸四家 千古之選 舍四家而爲詩
非正軌也 自是不旁及他家 遂專心讀四家詩 蓋五十有餘年矣 余尤異
之 夫人各有志 亦各有情 所遇之時與所處之境 又各不同 則後人之
言 未必盡似於前人 以其言有物也 今君之詩 憂憂獨造 自出機杼 思

路之窅邈 造語之苦硬 使讀之者 如猝入荒林絕壑 心駭髮淅 而徐而

澤之 則生氣橫貫 眞力彌滿 如草之新出月之初生 而玉之浮筠 精神

見于山川也 卽其五十年 所專心於四家者 求其遠而似杜似韓似蘇似

陸 近而似茶山 而並無有適成 其爲巵園詩已矣 信乎其有物也 雖然

君非有意與古人異 不欲其相似也 其五十年專心於四家 性命於斯 寢

食於斯 所謂不見異物而遷焉者也 情志之所發作於內 時境之所逼側

於外者 自能於四家神遇心喻 不自知其有物之奔迸注射乎 前能成就

此非杜非韓非蘇陸 並非茶山之詩 此所以善學四家 而亦善學茶山也

歟 然君未能自信其所就 如何 就質於通都人 多笑之者 而猶吾伯氏

深賞之 歎爲今世無此作 酉山喜君之得所遇 要余一言弁藁 余老屛

無力 不足以重君詩 恐言出而益藉笑君者之口 然不笑不足以爲君詩

遂書此贈帝黻 並質之酉山云 (叙巵園藁爲黃處士帝黻) 山泉黃叟以其

巵園藁來 質於余兄弟 余曰 今世無此作矣 仲又從叟之五十年 平生

未歷傾困倒廩而出之 無復遺蘊 至以人所稱揚 似杜似韓似蘇陸者

張皇贊道之 其於叟之詩 尤無以加矣 余又何說矣 似杜似韓 是人之

同聲 而比擬恐太不倫也 今叟之詩 力追古道 別裁僞體 在唐如曹鄴

劉駕劉得仁之爲之者 亦或近之 又以爲似曹似劉 則亦未也 曹鄴劉駕

劉得仁之爲詩 皆撑霆裂月囚鎖怪異者 今叟能撑霆裂月囚鎖怪異可

也 又以爲似曹似劉不可也 似曹似劉之不可 又何以似杜似韓也 夫曹

劉之矯時新體 不爲都市豪估者 叟特近之 叟而近於曹劉 亦幸矣 叟

未嘗於曹劉一詩目力有及 其近之乃如此 吁亦異矣 此又不足以異之

古今上下 有是一道焉耳矣 秋史

추사는 「치원시고후서」에서 황상이 시에 관한 관심이 깊었고
약관의 나이에도 시에 능통했다고 소개했다. 반상班常이 분명했
던 사회 분위기 속에서 추사가 중인인 황상을 위해 시집의 서문
을 써주었다는 사실은 추사의 인품과 함께 황상의 문재가 출중
했음을 짐작하게 한다.

조선 시대 선비들은 당송시대 필명筆名을 날렸던 두보杜甫
(712~770), 한유韓愈(768~824), 소식蘇軾(1036~1101), 육유陸游(1125-
1210) 등의 시품詩品을 흠모하였다. 알려진 바와 같이 두보는 당
대의 인물로 시성詩聖이라 칭송되었고, 한유 또한 당송팔대가唐
宋八大家로 이름을 올렸다. 이뿐인가. 소식은 조선의 선비가 가
장 흠모했던 인물로, 그의 호는 동파東坡이며, 송대를 대표하는
문장가이다. 육유는 남송의 대표적인 시인으로, 중국 역사상 가
장 많은 시를 남긴 인물로 회자된다. 황상 또한 "오십 년 동안
사가四家(두보, 한유, 소식, 육유)에 전심하여 여기에서 성명性命을
만들었으며 여기에서 침식하였다"고 했다. 황상은 다산의 영향
을 받기도 했지만, 그의 시는 당송의 문장가를 뼈대로 삼았다.

추사가 황상의 시집에 글을 써준 다른 이유는 바로 유산 정학

연(1783~1859)이다. 추사는 서문에서 "유산이 황군을 얻고 만난 것을 기뻐하여 나에게 한마디 말과 글을 요구하였다"라고 했다. 황상과 초의, 이들이 지체 높은 명문가와 교유할 수 있었던 이면에는 유산의 역할이 컸음을 재차 확인시켜 준다. 「치원시고후서」는 황상이나 초의가 당대의 걸물로 칭송될 수 있었던 실질적인 토대가 다산과 그의 아들 유산이었다는 사실을 확인하게 한 자료라고 할 수 있다.

소치 허련의 산수화

소치 허련의 편지

소치小癡 허련許鍊(1809~1893)이 대흥사로 초의를 찾아간 것은 1835년경이다. 이 무렵 초의의 명성은 경향에 두루 퍼졌는데, 이는 1831년 봄 홍현주의 별서 청량산방에서 열린 시회에서 그의 글재주가 드러났기 때문이다. 진도 쌍계사를 내왕했던 소치도 익히 초의의 명성을 들었을 터이다.

  그림에 대한 열망으로 불탔던 소치가 초의를 찾아간 것은 당연한 일이다. 초의는 대흥사를 방문해 자신을 찾아온 소치를 위해 한산전에 거처를 마련해주고 불화佛畵를 가르쳤다. 그가 초의에게 그림을 배웠던 정황은 추사가 초의에게 보낸 1839년 4월의 편지에서도 드러난다.

  그런데 관음진영을 그리는 필법이 언제 이런 단계까지 이르게

有四蘇之聖擅情至比
□當有少氮之戒台台
倚此憂身◦前金正一
偶牲過金欲振話到不
絕長情蓋緣句之之甚
而帶玄字租書江津□
二段師且十六羅漢圖形

소치 허련의 절절한 슬픔을 그린 편지

畫出憑∥吳当途遊惟忄佐

∥帝自露浦歸多书至行ふ基

一緘卽本祖妙∥細道ふ病此ミゑ

乙世骨香　許　鍊文書

襟樹生毛孳驚畢出此

叫更誦盖切茶釣摩熟

法喜清供茶峭美嚴林大喜

苺美凄祝丶底護薔身

迎去盍苦捄命宮之太源

되었소. 경탄을 금할 길이 없구려. 대개 초묵법焦墨法은 전하기 쉽지 않은 오묘한 진리인데, 우연히 허소치가 이어 드러냈으니 전해지고 전해진 초묵법이 또 그대에게까지 이른 것이라 여겨집니다.

앞서 소개한 추사의 편지에서는 불가에 이어진 불화佛畵 기법인 초묵법焦墨法(먹을 진하게 쓰는 기법)이 초의를 통해 소치에게 전해진 내력을 언급하고 있다. 그뿐 아니라 추사는 초의가 그린 〈관음진영〉을 황산黄山 김유근金逌根(1785~1840)이 소장하려는 의사를 밝힌 것과 황산이 〈관음상〉의 하단에 손수 찬탄하는 글을 쓰고자 한다는 사실을 초의에게 전했다.

그렇다면 추사가 초의에게 이러한 소식을 전한 이유는 무엇일까. 먼저 권문세가權門勢家 김조순金祖淳(1765~1832)의 아들인 황산은 그림에 대한 안목이 출중했기에, 그가 초의의 그림에 관심을 보인다면 이는 곧 "초의 그대는 선림예단禪林藝團의 이름다운 얘깃거리"가 되리라는 것이다. 또 황산이 초의가 그린 〈관음상〉 끝에 글을 쓴다면 초의의 명성이 단번에 높아지게 될 것이라 예측했던 것은 아닐까. 아무튼 초의의 불화佛畵는 당시 이름이 있는 추사나 황산에게 인정을 받았다.

소치의 그림에는 선종의 초묵법을 응용했다. 소치가 자신의

그림 세계를 확장할 수 있었던 것은 그의 타고난 재주나 열정뿐 아니라 추사와 소치를 연결한 초의가 있었기에 가능했다. 소치가 두 스승에 대한 의리를 평생 잊지 않은 것은 이런 인연의 지중함 때문이었다.

　이번에 소개할 소치의 편지는 1865년 4월 29일 초의에게 보낸 것인데 초의는 이 편지를 받은 다음 해에 열반했다. 편지에는 초의가 그린 〈16나한도〉를 김정일이라는 사람이 빌려달라는 내용이 있으며, 소치의 어려운 상황도 함께 드러난다. 편지의 크기는 42.3×29cm이며 그 내용은 아래와 같다.

여러 나무들이 꽃을 피우고 꾀꼬리 떼도 모두 나오는 이때 염려하는 마음, 더욱 간절합니다. 삼가 여쭙건대 더워지기 시작하는데, 법희法喜 청공淸供은 어떻습니까. 대도총림叢林大都 무탈하시길 축원합니다. 저는 속세에 떨어져 더욱 고통스럽고 졸렬해졌습니다. 명궁命宮이 너무 싸늘하니 무엇을 속이겠습니까. 오직 아이의 병이 점점 회복될 희망이 있으니 기쁜 마음 비교할 수 없는데 오히려 조금 나아짐을 경계해야 하니 곁에서 근심만 할 수는 없습니다. 얼마 전에 김정일이 우연히 제가 있는 곳을 지나다가 기쁘게 손을 잡으며 이야기했지만 마음을 다 드러내지는 못했습니다. 더욱 더 바쁜 와중에 자축字軸을 가져갔는데 과연 바로 스님에게 도착했나요. 또한 십육나한도를 빌려달라는 바램도 상세히 들으셨는지요. 편지로는 다 쓰지 못해 구두로만 전하니 오히려 이에 슬픔만 더합니다. 종제從弟가 나포에서 돌아갔는데 그 행차에 편지 하나가 없을 수 있나요. 반드시 편지를 가지고 가서 저의 상황을 세세히 말씀드릴 겁니다. 예를 갖추지 못했습니다. 1865년 4월 29일. 허련이 예를 표하며.

雜樹生花 群驚畢出 此時懸誦盆切 恭詢肇熱 法喜淸供若何 叢林大都無恙 溁祝溁祝 痴 濩落身世 去盆苦拙 命宮之太凉 安可欺也 惟病兒稍稍有回蘇之望 懽情無比 而向有少愈之戒 不得在傍爲憂耳 日前金正一 偶然過余 欣握話到 不能盡情 盆緣忽忽之甚 而帶去字軸

果卽津致耶 且十六羅漢圖願借事 亦有詳及耶 未以書 只憑口矣 尙

此凝悵耳 從弟自羅浦歸去 於其行可無一緘耶 必袖納而細道痴狀矣

不備禮 乙丑 四月 廿九日 許鍊 又手

이것은 초의에게 보낸 안부편지이다. 소치는 자신의 상황을 전하면서 늘 스승이 수행하시는 대흥사 총림이 무탈하기를 축원했다. 하지만 속세에 사는 자신의 처지는 "더욱 고통스럽고 졸렬해졌습니다. 명궁命宮이 너무 싸늘하니 무엇을 속이겠습니까"라고 하였다. 명궁命宮은 수명과 운수를 보는 별자리로, 생년월일의 방위이다. 명궁이 너무 싸늘하다는 것은 자신의 처지가 너무도 쓸쓸하고 어렵다는 것을 에둘러 표현한 것이다.

한편 초의가 불화에 능했다는 사실을 편지의 여러 곳에서 확인할 수 있다. 소치는 초의가 나한도를 그린 사실을 상기하며, "얼마 전에 김정일이 우연히 제가 있는 곳을 지나다가 기쁘게 손을 잡으며 이야기했지만, 마음을 다 드러내지는 못했습니다. 더욱 더 바쁜 와중에 자축字軸을 가져갔는데 과연 바로 스님에게 도착했나요. 또 16나한도를 빌려달라는 바람도 상세히 들으셨는지요"라고 했다. 초의가 그린 불화에 대한 명성은 소치의 편지는 물론 범해梵海의 시에서도 언급된 바 있다.

소치가 초의에게 보낸 편지는 몇 편이 더 전해진다. 1860년 3

소치의 〈강심초각도(江深草閣圖)〉, 개인소장

월 6일에 보낸 편지에서는 부인의 상을 당한 자신의 슬픈 처지를 이렇게 전하고 있다.

예를 생략하고 말씀드립니다. 마음이 온통 쏠려 있던 중에 스님의 편지를 받았습니다. 삼가 살펴보니 서글픈 추운 봄에 법체를 보살핌이 중하시고 청공淸供도 자재하다니 구구한 마음 위로가 됩니다만. 안스님眼衲이 오랫동안 속인의 집에 있는 것은 인연을 함부로 한 근심 때문에 실로 민망할 만합니다. 이미 그러하니 즉 근일 공양의 절차는 누가 그것을 맡겠습니까. 더욱 그것을 위해 생각에 장애가 됩니다. 저는心制人 한 가닥 목숨을 구차하게 이어가니 문득 종상終祥이 지나면 하늘을 우러러 땅을 굽어보며 울부짖을 것입니다. 사람의 일이 더욱더 궁하여 1월 28일 또 아내가 죽는 슬픔을 만났으니 마음을 갑자기 어찌해야 할까요. 도리어 다시 생각하니 즉 지금이 감옥에서 벗어날 수 있으니 금강보살이 한번 도의 길을 보고 진실로 크게 개오한 것인가. 너무 슬퍼하던 끝에 곧 막힘없이 확 트인 듯함을 느끼겠습니다. 지난 번 일도 이미 끝났습니다. 또 담제禪祭 기일이 다가옴에 따라 빨리 지팡이를 들 수는 없습니다. 월여月如스님과 약속한 일은 처음부터 끝까지 별도로 계획할 뿐입니다. 감은 어떻게 보내셨나요. 도리어 부끄러움을 느낄 뿐입니다. 나머지는 다 갖추지 못했습니다. 삼가 감사 편지를 올립니다.

1860년 3월 6일, 심제인 허련 올립니다.

省禮言 懸戀之餘 獲承禪械 謹審春寒惻惻 法體衛重 淸供自在 區區
慰誦 而眼衲之長在俗第 縱緣憂故 實爲可悶者也 旣然爾則近日供養
之節 誰其任之耶 尤爲之碍念 心制人 一縷苟延 奄過終祥 俯仰叫號
人理益窮 而正月卄八日 又遭叩盆之慟 情悰倘如何 還復思量 則今
焉解脫牢獄 金剛一見道路 寔大開耶 悼傷之餘 便覺豁如也 襄事亦
已完矣 且緣禫期之取次來 當不得飄擧一筇也 月如所約事 終始另
圖耳 柿貼何以送及耶 還庸感愧耳 餘不備 謹謝狀

庚申 三月 初六日 心制人 許鍊 狀上

이 편지에서는 소치의 슬픔이 절절하게 드러난다. 1860년경
자신의 호를 심제인心制人이라 하였던 것도 확인된다. 그뿐 아
니라 초의와 관련이 있는 안스님이 무슨 연유에선지 "오랫동안
속인의 집에 있는 것은 인연을 함부로 한 근심 때문에 실로 민
망할 만합니다. 이미 그러하니 즉 근일 공양의 절차는 누가 그
것을 맡겠습니까. 더욱 그것을 위해 생각에 장애가 됩니다"라고
한 대목이 눈에 띈다. 무엇보다 소치는 아내를 떠나보낸 슬픔을
토로하며 "사람의 일이 더욱더 궁하여 1월 28일 또 아내가 죽는
슬픔을 만났으니 마음을 갑자기 어찌해야 할까요. 도리어 다시

생각하니 즉 지금이 감옥에서 벗어날 수 있으니 금강보살이 한 번 도의 길을 보고 진실로 크게 개오한 것인가. 너무 슬퍼하던 끝에 곧 막힘없이 확 트인 듯함을 느끼겠습니다"라고 했다. 아! 슬픔이 지극하면 막혔던 마음이 확 트인 듯함을 느끼는 것일까.

한편 소치의 편지에 "월여月如스님과 약속한 일은 처음부터 끝까지 별도로 계획할 뿐입니다. 감은 어떻게 보내셨나요. 도리어 부끄러움을 느낄 뿐입니다. 나머지는 다 갖추지 못했습니다. 삼가 감사 편지를 올립니다"라고 하였다. 실제 초의의 제자 월여와 무슨 약속을 했는지는 드러나지 않았지만, 소치는 초의의 제자들과도 막역한 인연을 이어가고 있었다는 점이 드러난다. 초의가 보낸 감은 어려움에 부닥친 소치의 얼어붙은 마음을 녹인 선물이었다. 더구나 한양에서 진도로 낙향한 후에 그의 일상은 그리 편안하지 않았던 듯하다. 이런 곤란함 속에서도 "오늘 막내아이가 아들을 낳았다는(添丁) 소식을 들었는데 이는 경사스러운 일입니다"라는 내용도 있다. 이도 1859년 정월 초의에게 보낸 편지의 일부 내용이다.

늘 소치의 고단한 삶에 위안을 주었던 초의의 따뜻한 배려는 속 깊은 스승의 인정이었으며, 이는 어려움에 처했던 소치에게 버팀목이 되었다. 고통과 환희, 슬픔과 기쁨이 교차하는 소치의 일상에서도 손자를 얻는 기쁨은 고단한 삶에 청량제였으리라.

22
반계 이용현의 편지

이용현李容鉉은 조선후기에 추사, 초의 등과 교류했던 인물이다. 그의 호는 반계磐溪로, 그의 행적은 「조선왕조실록」에서 확인할 수 있다. 바로 〈순조실록〉 15권의 12년(1832) 2월 29일 기사에 "전 선전관宣傳官 이용현李容鉉, 의병장 송지렴宋之廉 등과 함께 윤제를 이끌고 동북쪽으로 들어갔는데, 회灰 2천여 석을 운반해 한쪽 편에다 쌓아 화살과 탄환을 막고, 겸하여 성을 넘을 사닥다리로 만들었습니다. 그리고 굴토군堀土軍 11명에게는 몸을 막을 수레를 만들어 주어 일시에 아울러 거행하도록 하였습니다"라는 내용이 확인된다.

또 〈철종실록〉 3권, 철종 2년(1852) 12월 10일에 "서헌순·이용현 등에게 관직을 제수하다. 서헌순徐憲淳을 이조참판吏曹參判으로, 이용현李容鉉을 경상좌도 병마절도사慶尙左道兵馬節度使

이용현이 쓴 편지

로"라고 한 것으로 보아 관직에 나갔던 인물로 추정된다. 따라서 이용현은 이근주의 아들로 선전관과 경상좌도 병마절도사를 지낸 관리이며 한때 전라 우수사와 제주 목사를 역임했던 인물이다.

　이용현이 초의를 만난 것은 그가 제주 목사를 맡았던 1843년경으로 추정된다. 당시 초의는 추사의 적거지 제주를 찾았고, 이곳에서 반년을 머물다가 대흥사로 돌아왔기에 이 무렵에 만났을 가능성이 높다. 이용현보다 앞서 제주 목사를 역임했던 인물은 이원조李源祚(1792~1872)이다. 그의 재임 기간은 1841년에서 1843년 6월이다. 그러므로 이용현은 이원조의 후임으로 부

추사 김정희가 유배생활을 했던 곳

임되어 1843년 6월에서 1844년까지 제주 목사로 재직했을 것으로 추정된다.

이용현과 초의는 제주에서 만난 이후에도 교유를 이어갔는데, 이는 그가 초의에게 보낸 편지에서 확인할 수 있다. 이용현이 초의에게 보낸 편지 중 2통이 남아 있는데 하나는 1849년 6월에, 다른 하나는 같은 해 윤달에 보낸 것이다. 이 무렵 이용현은 전라 우수사로 재임 중이었다. 우선 1849년 6월의 편지를 살펴보자. 이 편지의 크기는 38.1×25.4cm이며 그 내용은 이렇다.

오랫동안 막혀 있어 그리웠습니다. 범해스님이 와서 전해준 그대의 편지를 펴보니 위로됨을 헤아릴 수가 없습니다. 다만 그 사람됨을 보니 연하의 기운을 띠고 있어 찬찬하고 자세하여 여유가 있으니 선생의 제자라는 것을 알 수 있습니다. 하물며 더위가 기승을 부리는 중에도 머문 곳이 일미의 맑고 아름다운 것임이랴. 그릇을 만드는 노역의 성과를 알리고 기와를 덮는 날을 기약하니 만약 부지런한 마음이 아니면 어떻게 여기에 이르겠습니까. 그러나 한 그루의 소나무도 범할 수 없습니다. 공사公私간에 요행을 어찌 말할 수 있겠습니까. 저의 상황은 근래 감기와 기침으로 고통스럽고 민망한 중에도 오직 돌아가기로 기약한 날이 이미 다 되어 다행이라 여겨질 뿐입니다. 보내주신 차와 과일은 마음으로 주는 선물이라 여깁니다만 과일이 도리어 차보다 많음을 바라던 것이 아닙니다. 어찌 차 봉지 수가 하나같이 과일 덩어리만 못합니까. 정말로 감사하지만 이어지는 공은 탄식할 만합니다. 돌아보니 이곳에서 아직 돌아가지 않을 때이니 어느 날 지팡이를 짚고 하산하시어 서로 보며 막힌 것을 풀어도 해 되지 않는 좋은 일일 겁니다. 비록 힘들겠지만, 반드시 이에 부응하여 의자 쓸어 놓기를 바라며 (스님이) 올 때 차를 넉넉하게 포장하여 주머니에 담아 오시는 것이 어떻겠습니까. 나머지는 모두 남겨두었다가 뵙고 말하겠습니다. 오직 병고에 의탁하지 않기를 바랍니다. 어떻습니까. 어떻습니까.

제주목 관아. 조선시대 제주지방 통치의 중심지였다.
지금의 관덕정(觀德亭)을 포함하는 주변 일대에 분포해 있었다.

1849년 6월 8일 반계옹 이용현. 김 250폭을 보냅니다.

久阻嚮戀 海闊來傳手滋 披慰沒量 而第見其爲人 帶得烟霞氣 安詳
有餘 可知爲先生弟子 矧審炎威中啓處一味淸休者乎 陶役告功 覆瓦
有日 如非勤念 何以及此 而不犯一箇松木云 公私之幸 如何可言 拙
狀近患感嗽 苦悶中 惟以歸期已滿 爲幸耳 來茶果可認情貺 而果反
多於茶 非其所望 何不以茶貼之數 一如果夥乎 良謝之餘 繼功可慨
顧此未歸前早 一日携笻下山 相對叙阻 不害爲好事 雖勞 必副此掃
楊之望 而來時印茶 優數入橐 如何如何 自餘都留面展 惟冀勿托病
故 如何如何 己酉 流月 八日 磐溪翁 海衣二百五十幅 伴汗

이 편지에는 다양한 정보가 담겨 있다. 우선 초의가 대흥사

사중에서 임의대로 소나무를 벤 사건에 연루되었다는 점인데,
이는 그의 편지에 "한 그루의 소나무도 범할 수 없습니다"라고
한 대목이다. 소나무와 관련된 송사는 1841년 10월에 소치 허련
이 초의에게 보낸 편지에서도 관련 내용을 찾아볼 수 있다.

(전략) 소나무를 해친 것은 단지 소란하게 논할 수 없습니다. 비
록 영읍의 도움이 약간 있다 할지라도 승가에서 답하고 행하는
것을 보면 공적인 것을 빙자하여 사적으로 행하여 송추松楸(산소
가에 심은 소나무)를 함부로 잘랐고 해변은 엄하게 금하는 것인데
이처럼 함부로 하였으니 약간의 무리가 결코 마음먹은 대로 처
리할 수 없습니다. 바야흐로 결백을 밝혀야 할 때입니다. 하루

저녁 서로 마주 보고 대화를 하게 되면 대수롭지 않게 큰 절이
폐막(고치기 어려운 폐단)에 이를 것입니다. (하락)

而松木之亂犯 不可但以駭然論 雖有營邑之許助 看作僧家之應行 憑
公行私 亂斫松楸 海邊重禁 若此蔑然 若箇輩 決不可尋常處之 方欲
發廉之際矣 一夕陪話於對軒之次 尋常語到大寺弊瘼

　소치의 편지에 따르면, 해변의 방풍용 소나무나 무덤가에 심
은 소나무는 마음대로 벨 수 없었다. 이는 엄격히 법으로 금지된
것인데도 불구하고 대흥사에서 소나무를 자른 사건이 발생했다.
이 송사를 무마하기 위한 초의의 노력은 이 편지의 행간에도 드
러난다. 초의는 이 송사를 무마하기 위해 소치의 인맥을 이용한
다. 이에 소치가 초의에게 초의차草衣茶를 보내달라고 요청했다.
이미 초의차는 경향에 이름이 있는 명사는 물론, 지방 관리들에
게 인기가 높았음을 드러낸다.

　이용현도 차를 즐겼다. 이용현은 초의가 차와 과일을 보내오
자, "보내주신 차와 과일은 마음으로 주는 선물이라 여깁니다만
과일이 도리어 차보다 많음을 바라던 것이 아닙니다. 어찌 차
봉지 수가 하나같이 과일 덩어리만 못합니까"라고 했다. 이 구
절에는 과일보다 차를 더 원하는 이용현의 마음이 에둘러 표현
되어 있다.

또 다른 그의 편지는 1849년 윤달에 보낸 안부편지로, 그 내용은 다음과 같다.

봄이 다 가고 여름이 시작되었습니다. 까마득히 소식을 듣지 못했습니다. 설령 일이 많아 번거롭고 바쁘더라도 힘든 정무 속에서도 회상합니다. 마음으로 계획할 즈음에 모든 사정을 알았으니 하물며 손해가 날 것은 없을 것이니 정말로 위로가 됩니다. 다만 생각건대 구운 기와(燔瓦) 만 장은 많다고 생각하여 괴로울 것입니다. 소나무와 잡목을 함부로 벨 수 없고 불쏘시개로도 사용할 수 없습니다. 도리어 이는 관청의 법입니다. 그러므로 또한 이 말을 방심하여 버릴 수 없을 따름입니다. '시냇물은 비파 소리요, 송풍은 거문고 소리(澗瑟松琴)라, 여린 푸름, 새가 우네(鳥啼嫩綠)'는 모두 시를 짓는 데 도움이 되는 재료입니다. 걸출한 시구를 하나하나 기록해 보이는 듯한데, 어떻습니까. 단오절에 부채 한 자루를 보냅니다. 파리를 쫓는 도구로 삼으시길. 햇차는 만들었으리라 생각됩니다. 좋은 차의 맛을 자주 나눠주시길 바랍니다. 나머지는 흔들리고 빠뜨려 다 헤아리지 못했습니다. 1849년 윤월 20일, 반계.

春盡夏啓 漠然無聞 雖在怱劇 懷想政勞 際接心劃 備認爲況無損 良慰 第念燔瓦万張 想多爲惱也 能不犯松雜木 以柴草爲之否 顧此典

해변이나 무덤가에 심은 소나무를 베는 것은 법으로 엄격히 금지되어 있었다.

守也 故不得放心 又此說去耳 澗瑟松琴 鳥啼嬾綠 俱助詩料 如有傑

句 一一錄示 如何如何 節籜一把送似 以爲揮蠅之資也 新茗想製 優

數分味 是望是望 自餘援漏 不究 己酉 閏月 卄日 磐溪

　이 편지는 이용현이 전라 우수사로 재임할 때 초의에게 보낸
것이다. 이용현은 편지를 써서 전라 우수사로서 대흥사에 기와
공출을 요구했고, 소나무와 관련된 관청의 법을 대흥사에 통보했
으며, 초의차를 걸명乞茗했다. 먼저, 기와와 관련된 내용은 대흥
사에 "구운 기와燔瓦 만 장은 많다고 생각하여 괴로울 것입니다"
라는 대목이다. 바로 대흥사에 구운 기와 만 장을 요구한 것이다.
조선후기 대흥사에 부과된 토공土貢은 대개 차, 동백기름 등으로
알려졌다. 하지만 구운 기와도 공출되었음을 알 수 있다.

다음으로 소나무와 관련된 법령이다. 앞서 언급한 바와 같이 소나무와 관련된 송사는 대흥사 사중이 늘 연루될 소지가 많았던 듯하다. 편지에는 "소나무와 잡목을 함부로 벨 수 없고 불쏘시개로도 사용할 수 없습니다. 도리어 이는 관청의 법입니다"라고 했다.

게다가 이용현은 "햇차는 만들었으리라 생각됩니다. 좋은 차의 맛을 자주 나눠주시길 바랍니다"라고 하였다. 당시 초의가 차를 만든 시점이 대략 입하立夏라는 점에서 이 편지는 5월 무렵에 보낸 것이라 여겨진다. 더불어 이용현은 초의에게 시를 요청하기도 했다. 당시 선비는 시로 소통했다. 그렇기 때문에 그도 "시냇물은 비파 소리요, 송풍은 거문고 소리澗瑟松琴라, 여린 푸름, 새가 우네鳥啼嫩綠는 모두 시를 짓는 데 도움이 되는 재료입니다. 걸출한 시구를 하나하나 기록해 보이는 듯한데, 어떻습니까"라고 하여 초의에게 화답 시를 요청했다. 초의에게 보낸 그의 걸명乞茗은 추사가 초의에게 보낸 걸명乞茗과는 결이 다르다 할지라도 차로 우환을 씻고자 했던 이용현의 뜻은 분명했다. 그가 지방관으로서 공출과 송사를 언급했지만 초의에게 부채를 보내는 미덕은 훈훈한 인정을 느끼게 한다.

23

정용익과 최성간의 편지

해남에 거주했던 선비로 추정되는 학천산인學泉散人 정용익鄭龍
翊은 초의와 교유했던 인물이다. 정용익이 초의에게 편지를 보
낸 시기는 1845년 4월이다. 초의가 보낸 차를 받고 이에 대한
고마움과 안부를 편지에 담았다. 한편 1844년 9월, 초의가 보
낸 편지를 받았다고 하니 이들은 이전부터 알고 지낸 사이인
셈이다.

우선 해남에 거주한 정용익의 편지를 살펴본 연후에 같은
해 보낸 최성간의 편지를 살펴보겠다. 먼저 학천산인 정용익
의 편지를 살펴보면 크기는 35.2×23cm이며 편지는 이렇게 시
작된다.

오래도록 초의스님의 법을 만나지 못해 비루하고 인색함이 그

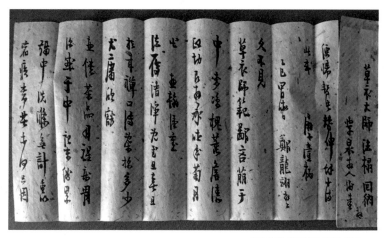

학천거사 정용익의 친필 편지

가운데서 싹이 텄습니다.

초여름인데 마음 쏠림이 더욱 간절합니다. 바로 작년 9월에 보낸 편지를 받고 삼가 스님의 수행이 맑고 정결하시다는 것을 알았으니 이미 위로가 되고 또한 기쁩니다. 또 선 수행에 대해 구전으로, 대강의 정도를 살펴보니 더욱 저는 흐뭇하고 기뻤습니다. 차품을 보내주셔서 이 차로 병든 위를 깨우니 그 가운데에서 감명이 깊습니다. 저는 세상일 속에서 지내는 동안 (속진을) 씻을 계획이 없으니 거듭 묵은 병으로 늘 고통스러움을 어찌해야 할까요. 다만 돌아가는 인편으로 인해 잠시 이에 말씀드립니다. 나머지는 법식을 다 갖추지 못했습니다.

1845년 4월 그믐날. 정용익 배상. 부채 한 자루 보냅니다.

久不見草衣師範 鄙吝萌于中 麥凉槐薰 詹溙政切 卽拜承昨年菊月出

惠翰 謹審法履淸淨 旣慰且喜 且於來禪口傳 槪探多少 尤庸欣豁 惠

饋茶品 用醒病胃 深感于中 記末 俗累彌中 洗滌無計 重以宿疾常苦

奈何 只因便歸 暫此替伸 餘不備狀式

乙巳 四月 晦日 鄭龍翊 拜上 扇子壹柄

　정용익은 편지에서 초의를 오랫동안 만나지 못했기 때문에
그의 마음이 비루해지고 인색해졌다는 것이다. 수행자의 삶과
속인의 삶은 그 목표부터 다르다. 그러므로 청량한 수행자의 풍
미는 그에게 속진을 씻어내는 솔바람 소리 같았을 것이다.

　그가 이 편지를 보낸 시점을 짐작할 수 있는 단서는 맥랑麥凉
과 괴훈槐薰이다. 맥랑麥凉은 보리나 밀이 익을 무렵을 말하며
괴훈槐薰은 회나무 꽃이 피기 시작하는 여름을 말한다. 따라서
이 편지를 초여름 무렵에 보낸 것으로 짐작되는데, 이를 음력 4
월 그믐날에 쓴 것으로, 당시 그는 초의가 보낸 차를 받고 답신
을 보냈을 것이다. 이 편지를 쓴 시점은 음력 4월 그믐날이다.
이를 양력으로 환산해 보면 대략 5월 말에서 6월 초순 즈음이
다. 따라서 1845년경 초의는 입하立夏(양력 5월 5일)를 전후해 차
를 만들었고, 대략 한 달 정도가 지난 이후에 그와 교유했던 선
비들에게 차를 보낸 것으로 추정된다. 1837년 여름에 저술한 초

의의 「동다송東茶頌」에도 입하가 지난 후 차를 따는 것이 가장 좋다는 자신의 견해를 피력한 바가 있다.

다서에 이르기를 차를 따는 시기는 차를 따는 적기에 맞춰 따는 것이 중요하다. (차를 따는 시기가) 너무 이르면 향이 온전하지 않고 너무 늦으면 차의 색향기미色香氣味가 흩어진다. 곡우 전 5일이 가장 좋고 후 5일이 그 다음이며 후 5일이 또 그 다음이다. 그러나 우리나라 차를 경험해 보니 곡우 전후는 너무 빠르니 마땅히 입하를 지난 후에 따는 것이 (차 따는 시점으로) 알맞다.

茶書云 採茶之候貴及時 太早則香不全 遲則神散 以穀雨前五日 爲

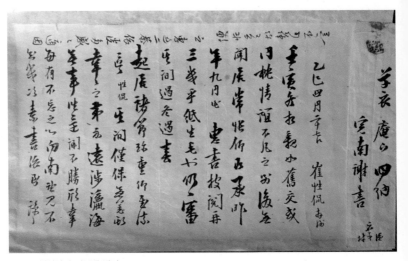

최성간이 써보낸 편지

上 後五日 次之 後五日又次之 然 驗之東茶 穀雨前後太早 當以立
夏後爲及其時也

　윗글에서 그가 말한 다서茶書는 장원張源의 「다록茶錄」을 인
용한 것이다. 더구나 우리나라와 중국의 기후는 다르다. 그러므
로 우리나라에서는 곡우 전후에 차를 따면 너무 이르기 때문에
온전한 차의 향이 드러나지 않는다는 점을 분명히 밝혔다. 물론
초의가 살았던 조선후기와 지금의 기온은 조금 차이가 날 수 있
다. 만약 차의 산지가 깊은 산 속이라면 초의가 말한 것처럼 입
하 전후에 차를 따는 것이 무방하다. 하지만 지역에 따라 보성,

지리산 일원, 제주에서는 곡우 전에 차를 딸 수 있다. 지구 온난화에 따른 기후 변화는 차를 따는 시점에도 영향을 미친다. 특히 정용익의 편지는 초의차의 채다採茶 시점이 입하 후라는 사실을 거듭 확인할 수 있는 자료라는 점에서 의미를 가진다.

이어서 같은 해 4월 27일에 최성간崔性侃이 보낸 편지를 소개하고자 한다. 최성간은 순조 31년(1831) 식년시에 합격한 최성선崔性善 (1808~?)의 아우이다. 그가 "1842년 겨울, 서로 친함이 마치 오랫동안 사귄 것 같아 함께 자며 나눈 정의情誼가 평범하지 않은 듯했습니다"라고 한 것으로 보아 그가 초의를 만난 것은 대략 1842년경으로 추정된다. 이 편지 겉봉에 완남사서完南謝書라고 썼다. 완남은 지금의 전라도 지역이다. 따라서 최성간은 전라도 출신 유생으로, 차를 즐긴 인물인 셈이다. 편지의 크기는 39×24.2cm이다. 이 편지에도 초의가 그에게 차를 보낸 사실이 드러난다.

1842년 겨울, 서로 친함이 마치 오랫동안 사귄 것 같아 함께 자며 나눈 정의情誼가 평범하지 않은 듯했습니다. 그런데 이별 후에 소식이 없으니 언제나 서글피 우러러봅니다. 바로 작년 9월 보낸 편지를 받고 두 번 세 번 펴보니 거의 종이에서 털이 폈습니다. 이어 그 사이를 살펴보니 지난 겨울과 지난 봄에 기거하시는 모든 절차가 진중하시다니 구구히 위로받습니다. 저는 그 사이 근근이 별 탈 없이 지내고 있는데 이는 다행스럽고도 다행스러운 일입니다. 그리고 멀리 큰 바다(제주도)를 건너가신 다고 하셨는데 무사히 갔다가 돌아오셨다는 얘기를 듣고 기쁨 을 주체할 수 없었습니다. 매번 잊지 못하는 마음으로, 남쪽을 바라본 것이 몇 번인지 모릅니다. 편지가 도착했으니 안심이 되 며 차 2포를 보내주셔서 감동이 컸습니다. 마침 인편이 바쁘다 고 하니 잠시 이 말씀만 드립니다. 격식을 갖추지 않습니다. 1845년 4월 27일 최성간 배사.

壬寅冬相親如舊交 或同枕情誼不凡 而別後無聞 居常悵仰 卽承昨年 九月出惠書 披閱再三 幾乎紙生毛也 仍審其間 過冬過春 起居諸節 珍重 仰慰漾區區 性侃 其間僅保無恙 斯幸斯幸 而第示遠涉瀛海 無 事往還 聞不勝欣幸 每有不忘之心 向南望見 不知幾次 素書依到 諒 之 而惠送二茶依受 多感多感 適因便忙云云 故暫此 不宣 乙巳 四 月 二十七日 崔性侃 拜謝

1845년경 최성간은 완남完南에 살고 있었다. 그의 동생은 1831년 식년시에 합격했다고 한다. 식년시는 3년마다 정기적으 로 시행된 과거로, '대비과'라고도 한다.『주례周禮』에 "3년은 대 비로, 이 해에 그 덕행과 도예道藝를 살펴서 현명하고 유능한 자를 뽑아 관리로 등용한다"라고 한 것에서 유래했다.

최성간의 편지에 "1842년 겨울, 서로 친함이 마치 오랫동안 사귄 것 같아 함께 자며 나눈 정의情誼가 평범하지 않은 듯했습니다"라고 하였으니 그가 초의를 만난 시점은 대략 1842년경이라 볼 수 있다. 최성간은 1842년 겨울, 초의를 만난 후, 한동안 만나지 못했던 듯하다. 그러기에 "이별 후에 소식이 없으니 언제나 서글피 우러러봅니다"라고 했으리라. 초의를 대하는 그의 존경심이 어느 정도였는지를 짐작하겠다.

최성간은 오랫동안 소식이 끊어졌다가 1844년 9월에 초의의 편지를 받았다. 그가 "작년 9월 보낸 편지를 받고 두 번 세 번 펴보니 거의 종이에서 털이 폈습니다. 이어 그 사이를 살펴보니 지난 겨울과 지난 봄에 기거하시는 모든 절차가 진중하시다니 구구히 위로받습니다"라고 한 구절이 눈에 띈다.

알려진 바와 같이 편지란 보낸 이와 받는 사람 간에 나눈 일상의 정보가 고스란히 담겨져 있다. 단순한 문안 편지에서도 이들의 교유 시점이나 상황, 절기, 주고받았던 물품, 우정의 정도 등, 상세한 정보를 담고 있는 점이다. 그러므로 편지는 개인이든, 시대든 다양한 정보가 담긴 미세사의 보고인 셈이다. 이런 관점에서 보면 최성간의 편지는 초의가 추사의 유배지, 제주도를 찾아간 시점을 확인할 정보를 담고 있었다. 그가 "멀리 큰 바다(제주도)를 건너가신다고 하셨는데 무사히 갔다가 돌아오셨다는 얘기를 듣고 기쁨을 주체할 수 없었습니다. 매번 잊지 못하는 마음으로, 남쪽을 바라본 것이 몇 번인지 모릅니다."라고 한 것이 바로 그렇다.

이 무렵 제주를 찾아간 초의를 그리며 남쪽을 바라봤다는 그의 우정은 만난 횟수가 아니라 함께 공유했던 담론의 깊이를 드러낸다. 초의에게 깊은 감명을 받았던 그이기에 초의를 그리는 마음 또한 간절했던 것이다.

한편 1845년 무렵 초의는 제주에서 돌아와 일지암에 머물며 수행했다는 것을 알 수 있다. 실제 초의가 제주를 찾아간 때는 1843년경이며 제주에 머문 기간은 6개월 정도였다. 무엇보다 눈길을 끄는 대목은 "편지가 도착했으니 안심이 되며 차 2포를 보내주셔서 감동이 컸습니다"라고 한 점이다. 평생 많은 차 보시로 속세의 오욕에 얼룩진 이들을 위로했던 초의의 공덕은 언제나 이들의 가슴을 훈훈하게 만든 선물이었던 셈이다.